Eduardo Galeano
(1940-2015)

Eduardo Galeano nasceu em Montevidéu, no Uruguai. Viveu exilado na Argentina e na Catalunha, na Espanha, desde 1973. No início de 1985, com o fim da ditadura, voltou a Montevidéu.

Galeano comete, sem remorsos, a violação de fronteiras que separam os gêneros literários. Ao longo de uma obra na qual confluem narração e ensaio, poesia e crônica, seus livros recolhem as vozes da alma e da rua e oferecem uma síntese da realidade e sua memória.

Recebeu o prêmio José María Arguedas, outorgado pela Casa de las Américas de Cuba, a medalha mexicana do Bicentenário da Independência, o American Book Award da Universidade de Washington, os prêmios italianos Mare Nostrum, Pellegrino Artusi e Grinzane Cavour, o prêmio Dagerman da Suécia, a medalha de ouro do Círculo de Bellas Artes de Madri e o Vázquez Montalbán do Fútbol Club Barcelona. Foi eleito o primeiro Cidadão Ilustre dos países do Mercosul e foi o primeiro escritor agraciado com o prêmio Aloa, criado por editores dinamarqueses, e também o primeiro a receber o Cultural Freedom Prize, outorgado pela Lannan Foundation dos Estados Unidos. Seus livros foram traduzidos para muitas línguas.

Livros do autor publicados pela **L&PM** EDITORES:

Espelhos – uma história quase universal
Os filhos dos dias
Futebol ao sol e à sombra
Trilogia "Memória do fogo" (Série Ouro)
As palavras andantes
As veias abertas da América Latina

Coleção **L&PM** POCKET:

Bocas do tempo
De pernas pro ar
Dias e noites de amor e de guerra
Futebol ao sol e à sombra
O livro dos abraços
Trilogia "Memória do fogo":
    Os nascimentos (vol.1)
    As caras e as máscaras (vol.2)
    O século do vento (vol.3)
Mulheres
O teatro do bem e do mal
Vagamundo
As veias abertas da América Latina

Eduardo Galeano

MULHERES

Tradução de Eric Nepomuceno

www.lpm.com.br

L&PM POCKET

Coleção **L&PM** POCKET, vol. 20

Texto de acordo com a nova ortografia.

Esta antologia reúne textos publicados nos seguintes livros de Eduardo Galeano: *Vagamundo, Dias e noites de amor e de guerra, Memória do fogo: Os nascimentos (I), As caras e as máscaras (II)* e *O século do vento (III), O livro dos abraços* e *As palavras andantes.* Todas as traduções são de Eric Nepomuceno.

Primeira edição na Coleção **L&PM** POCKET: maio de 1998
Esta reimpressão: maio de 2015

Capa: Ivan Pinheiro Machado sobre óleo sobre tela de Diego Rivera
 (Desnudo con alcatraces, 157 x 124 cm, coleção Emilia Gussy de Gálvez, Cidade do México).
Revisão: Renato Deitos e Delza Menin

ISBN 978-85-254-0647-7

G151m   Galeano, Eduardo, 1940-2015
           Mulheres / Eduardo Galeano; tradução de Eric
        Nepomuceno. – Porto Alegre: L&PM, 2015.
          176p. ; 18 cm. – (Coleção L&PM POCKET)

          1. Ficção uruguaia- Crônicas. I. Título. II. Série.

                                                 CDD U868
                                                CDD 860(899)-94

Catalogação elaborada por Izabel A. Merlo, CRB 10/329

© Eduardo Galeano, 1997

Todos os direitos desta edição reservados a L&PM Editores
Rua Comendador Coruja, 314, loja 9 – Floresta – 90220-180
Porto Alegre – RS – Brasil / Fone: 51.3225.5777 – Fax: 51.3221-5380

PEDIDOS & DEPTO. COMERCIAL: vendas@lpm.com.br
FALE CONOSCO: info@lpm.com.br
www.lpm.com.br

Impresso no Brasil
Outono de 2015

ÍNDICE

O amor 9
O riso 11
O medo 12
A autoridade 13
História do lagarto que tinha o costume de jantar
    suas mulheres 14
A arte para as crianças 19
O universo visto pelo buraco da fechadura 20
Os negrores e os sóis 21
As formigas 23
A feira 24
Para inventar o mundo cada dia 26
AMARES 27
A noite/1 28
A noite/2 29
A noite/3 30
A noite/4 31
Longa viagem sem nos movermos 32
A pequena morte 33
Causos 34
A estação 36
Mulher que diz tchau 37
A moça da cicatriz no queixo 38
Confissão do artista 51
Essa velha é um país 52

O músculo secreto	55
Outra avó	57
A acrobata	58
Crônica da cidade de Bogotá	59
Noel	61
A cultura do terror/1	63
A cultura do terror/2	64
A cultura do terror/3	65
A televisão	67
A cultura do terror/4	68
O presente	69
O espelho	71
Inês	73
Beatriz	75
As amazonas	77
Mundo pouco	79
Maria	80
Mariana	82
Juana aos quatro anos	84
Juana aos sete anos	85
Um sonho de Juana	86
Juana aos dezesseis	87
Juana aos trinta	89
Juana aos quarenta e dois	90
Cláudia	91
As bruxas de Salem	92
Virgem negra, deusa negra	94
Elas se calaram	95
Elas levam a vida nos cabelos	96
Jacinta	97
Nanny	98
Xica	99

O primeiro romance escrito na América 101
A perricholi 102
Se ele tivesse nascido mulher 103
Micaela 105
Sagrada chuva 106
As libertadoras 108
A Virgem de Guadalupe contra a virgem dos
    remédios 109
Maria, terra-mãe 111
A pachamama 112
Sereias 113
Crônicas da cidade, a partir da poltrona do
    barbeiro 114
Manuela 115
Os três 116
Juana sánchez 118
Calamity Jane 120
Bonecas de 1900 121
Charlotte 122
Delmira 123
Isadora 124
Bessie 125
Tina 126
Frida 128
Evita 129
Alfonsina 130
As mulheres dos Deuses 131
Maria Padilha 133
Carmem 134
Rita 135
Marilyn 136
As descaradas 137

Maria de la Cruz 139
Pássaros proibidos 140
A carícia 141
Cinco mulheres 142
As comandantes 143
Rigoberta 144
Domitila... 145
Tamara voa duas vezes... 146
O sempre abraço 148
O nome roubado.. 149
As bordadeiras de Santiago 150
Os diabinhos de ocumicho....................................... 151
Sobre a propriedade privada do direito de criação ... 152
As molas de San Blas... 153
História da intrusa 154
História do outro 159
Janela sobre uma mulher/1 160
Janela sobre uma mulher/2 161
Janela sobre uma mulher/3 162
Janela sobre a palavra/1 163
Janela sobre a palavra/2 164
Janela sobre a palavra/3 165
Janela sobre as perguntas... 166
A paixão de dizer... 167
A casa das palavras 168
A leitora 169
Janela sobre a memória 170

O amor

Na selva amazônica, a primeira mulher e o primeiro homem se olharam com curiosidade. Era estranho o que tinham entre as pernas.

– Te cortaram? – perguntou o homem.

– Não – disse ela. – Sempre fui assim.

Ele examinou-a de perto. Coçou a cabeça. Ali havia uma chaga aberta.

Disse:

– Não comas mandioca, nem bananas, e nenhuma fruta que se abra ao amadurecer. Eu te curarei. Deita na rede, e descansa.

Ela obedeceu. Com paciência bebeu os mingaus de ervas e se deixou aplicar as pomadas e os unguentos. Tinha de apertar os dentes para não rir, quando ele dizia:

– Não te preocupes.

Ela gostava da brincadeira, embora começasse a se cansar de viver em jejum, estendida em uma rede. A memória das frutas enchia sua boca de água.

Uma tarde, o homem chegou correndo através da floresta. Dava saltos de euforia e gritava:

– Encontrei! Encontrei!

Acabava de ver o macaco curando a macaca na copa de uma árvore.

– É assim – disse o homem, aproximando-se da mulher.

Quando acabou o longo abraço, um aroma espesso, de flores e frutas, invadiu o ar. Dos corpos, que jaziam juntos, se desprendiam vapores e fulgores jamais vistos, e era tanta formosura que os sóis e os deuses morriam de vergonha.

O RISO

O morcego, pendurado em um galho pelos pés, viu que um guerreiro kayapó se inclinava sobre o manancial.

Quis ser seu amigo.

Deixou-se cair sobre o guerreiro e o abraçou. Como não conhecia o idioma dos kayapó, falou ao guerreiro com as mãos. As carícias do morcego arrancaram do homem a primeira gargalhada. Quanto mais ria, mais fraco se sentia. Tanto riu, que no fim perdeu todas as suas forças e caiu desmaiado.

Quando se soube na aldeia, houve fúria. Os guerreiros queimaram um montão de folhas secas na gruta dos morcegos e fecharam a entrada.

Depois, discutiram. Os guerreiros resolveram que o riso fosse usado somente pelas mulheres e crianças.

O medo

Esses corpos nunca vistos chamaram, mas os homens nivakle não se atreviam a entrar. Tinham visto as mulheres comer: elas engoliam a carne dos peixes com a boca de cima, mas antes a mascavam com a boca de baixo. Entre as pernas, tinham dentes.

Então os homens acenderam fogueiras, chamaram a música e cantaram e dançaram para as mulheres.

Elas se sentaram ao redor, com as pernas cruzadas.

Os homens dançaram durante toda a noite. Ondularam, giraram e voaram como a fumaça e os pássaros.

Quando chegou o amanhecer, caíram desvanecidos. As mulheres os ergueram suavemente e lhes deram de beber.

Onde elas tinham estado sentadas, ficou a terra toda regada de dentes.

A AUTORIDADE

Em épocas remotas, as mulheres se sentavam na proa das canoas e os homens na popa. As mulheres caçavam e pescavam. Elas saíam das aldeias e voltavam quando podiam ou queriam. Os homens montavam as choças, preparavam a comida, mantinham acesas as fogueiras contra o frio, cuidavam dos filhos e curtiam as peles de abrigo.

Assim era a vida entre os índios onas e os yaganes, na Terra do Fogo, até que um dia os homens mataram todas as mulheres e puseram as máscaras que as mulheres tinham inventado para aterrorizá-los.

Somente as meninas recém-nascidas se salvaram do extermínio. Enquanto elas cresciam, os assassinos lhes diziam e repetiam que servir aos homens era seu destino. Elas acreditaram. Também acreditaram suas filhas e as filhas de suas filhas.

História do lagarto que tinha o costume de jantar suas mulheres

Na margem do rio, oculta pelos juncos, uma mulher está lendo.

Era uma vez, conta o livro, um senhor de vasto senhorio. Tudo pertencia a ele: a aldeia de Lucanamarca e o de mais para cá e o de mais para lá, os animais marcados e os não marcados, as pessoas mansas e as zangadas, tudo: o cercado e o baldio, o seco e o molhado, o que tinha memória e o que tinha esquecimento.

Mas aquele dono de tudo não tinha herdeiro. Sua mulher rezava todos os dias mil orações, suplicando a graça de um filho, e todas as noites acendia mil velas.

Deus estava cansado dos rogos daquela chata, que pedia o que Ele não tinha querido dar. E finalmente, para não ter de continuar escutando, ou por divina misericórdia, fez o milagre. E chegou a alegria do lar.

O menino tinha cara de gente e corpo de lagarto.

Com o tempo o menino falou, mas caminhava se arrastando sobre a barriga. Os melhores professores de Ayacucho ensinaram o menino a ler, mas seus dedos feito garras não conseguiam escrever.

Aos dezoito anos, pediu mulher.

Seu opulento pai conseguiu uma para ele; e com grande pompa foi celebrado o casamento, na casa do padre.

Na primeira noite, o lagarto lançou-se sobre sua esposa e devorou-a. Quando o sol despontou, no leito nupcial havia apenas um viúvo dormindo, rodeado de ossinhos.

E depois o lagarto exigiu outra mulher. E houve novo casamento, e nova devoração. E o glutão precisou de mais uma. E mais.

Noivas, era o que não faltava. Nas casas pobres, sempre havia alguma filha sobrando.

Com a barriga acariciada pela água do rio, Dulcídio dorme a sesta. Quando abre um olho, vê a mulher. Ela está lendo. Ele nunca havia visto, na vida, uma mulher de óculos.

Dulcídio aproxima o nariz:
– *O que você está lendo?*
Ela afasta o livro e olha para ele, sem susto, e diz:
– *Lendas.*
– *Lendas?*
– *Velhas vozes.*
– *E para que servem?*
Ela sacode os ombros:
– *Fazem companhia.*

Essa mulher não parece da serra, nem da selva, nem do litoral.

– *Eu também sei ler* – diz Dulcídio.

Ela fecha o livro e vira a cara.

Quando Dulcídio pergunta quem é e de onde veio, a mulher desaparece.

No domingo seguinte, quando Dulcídio desperta da sesta, ela está lá. Sem livro, mas de óculos.

Sentada na areia fininha, os pés guardados debaixo de sete saias de balão, está estando, estando desde sempre; e assim olha para aquele intruso que lagarteia ao sol.

Dulcídio põe as coisas em seu devido lugar. Ergue uma pata unhada e passeia essa pata sobre o horizonte de montanhas azuis:

– *Até onde chegam os olhos, até onde chegam os pés. Sou eu o dono. De tudo.*

Ela nem olha para o vasto reino, e permanece calada. Silêncio, muito.

O herdeiro insiste. As ovelhinhas e os índios estão ao seu mandar. Ele é amo de todas estas léguas de terra e de água e de ar, e também do pedaço de areia onde ela está sentada.

– *Você pode: eu deixo* – concede.

Ela começa a fazer sua longa trança de cabelo negro dançar, como quem ouve chover, e o réptil esclarece que é rico mas humilde, estudioso e trabalhador, e sobretudo um cavalheiro com intenções de formar um lar, mas o destino cruel quer que ele termine sempre viúvo.

Inclinando a cabeça ela medita sobre esse mistério. Dulcídio vacila. Sussurra:

– *Posso pedir um favor?*

E chega perto, oferecendo o lombo.

Coça as minhas costas – suplica –, *porque eu não alcanço.*

Ela estende a mão, acaricia a couraça ferruginosa e elogia:

– *Macio feito de seda.*

Dulcídio estremece e fecha os olhos e abre a boca e ergue a cauda e sente o que nunca havia sentido.

Mas quando vira a cabeça, ela não está mais ali.

Arrastando-se a toda através dos juncos, procura por tudo que é canto. Nada.

No domingo seguinte, ela não vai à margem do rio. E nem no outro, nem no outro.

Desde que a viu, a vê. E não vê mais nada.

O dormilão não dorme, o comilão não come. A alcova de Dulcídio já não é o feliz santuário onde repousava amparado por suas finadas esposas. As fotos delas continuam ali, cobrindo as paredes de alto a baixo, com suas molduras em forma de coração e suas grinaldas de jasmins; mas Dulcídio, condenado à solidão, jaz afundado nas cobertas e na melancolia. Médicos e curandeiros acodem vindos de longe; e nenhum consegue nada diante do voo da febre e da queda de todo o resto.

Grudado no rádio de pilhas que comprou de um turco que passou por ali, Dulcídio pena suas noites e seus dias suspirando e escutando canções fora de moda. Os pais, desesperados, olham só para vê-lo murchar. Ele já não exige mais mulher como antes:

– *Estou com fome.*

Agora, suplica:

– *Sou um mendigo do amor,* e com voz quebrada e alarmante tendência à rima, sussurra homenagens de agonia à dama que lhe roubou a calma e a alma.

Todos os serviçais se lançam na captura. Os perseguidores removem céus e terras; mas não sabem nem mesmo o nome da evaporada, e ninguém jamais viu mulher de óculos naqueles vales, nem fora deles.

Na tarde de um domingo, Dulcídio tem um palpite. Levanta-se a duras penas e, do jeito que consegue, se arrasta até a margem do rio.

E lá está ela.

Banhado em lágrimas, Dulcídio declara seu amor à menina desdenhosa e esquiva, confessa que de sede estou morrendo pelo teu mel, sozinho no caminho desse mundo cruel, te esperando, te lembrando, água da minha mágoa: – Te ofereço meu anel.

E chega o casamento. Todo mundo agradecido, porque fazia tempo que a aldeia não tinha festa, e ali Dulcídio é o único que se casa. O padre faz preço de ocasião, por se tratar de cliente tão especial.

Gira a viola ao redor dos noivos e tocam glória a harpa e os violinos. Brinda-se pelo amor eterno dos felizes pombinhos, e rios de ponche correm debaixo dos ramos de flores.

Dulcídio estreia pele nova, avermelhada no lombo e verde-azulada na cauda prodigiosa.

E quando os dois ficam enfim a sós, e chega a hora da verdade, ele oferece:

– *Te dou meu coração. Pisa-o sem compaixão.*

Com um sopro ela apaga a vela, deixa cair seu vestido de noiva, rendas borbulhantes, tira lentamente os óculos e diz:

– *Larga a mão de ser babaca. Deixa de besteira.*

Num puxão o desembainha e joga a pele dele no chão. E abraça seu corpo nu, e faz arder.

Depois, Dulcídio dorme profundamente, encolhido contra aquela mulher, e sonha pela primeira vez na vida.

Ela o come adormecido. Vai engolindo-o aos poucos, da cauda até a cabeça, sem ruído nem mastigar forte, cuidadosa de não despertá-lo, para que ele não leve uma impressão ruim.

A ARTE PARA AS CRIANÇAS

Ela estava sentada numa cadeira alta, na frente de um prato de sopa que chegava à altura de seus olhos. Tinha o nariz enrugado e os dentes apertados e os braços cruzados. A mãe pediu ajuda:
– *Conta uma história para ela, Onélio* – pediu. – *Conta, você que é escritor...*
E Onélio Jorge Cardoso, esgrimindo a colher de sopa, fez seu conto:
– *Era uma vez um passarinho que não queria comer a comidinha. O passarinho tinha o biquinho fechadinho, fechadinho, e a mamãezinha dizia: "Você vai ficar anãozinho, passarinho, se não comer a comidinha". Mas o passarinho não ouvia a mamãezinha e não abria o biquinho...*
E então a menina interrompeu:
– *Que passarinho de merdinha* – opinou.

O UNIVERSO VISTO PELO BURACO DA FECHADURA

Na sala de aula, Elsa e Ale sentavam juntas. Nos recreios caminhavam de mãos dadas pelo pátio. Dividiam os deveres e os segredos, as travessuras.

Um dia, de manhã, Elsa disse que tinha falado com a avó morta.

Desde então a avó começou a mandar mensagens para as duas. Cada vez que Elsa afundava a cabeça na água escutava a voz da avó.

Um dia Elsa anunciou:

– Vovó diz que vamos voar.

Tentaram no pátio da escola e na rua. Corriam em círculos e em linha reta até caírem exaustas. Se arrebentaram umas quantas vezes saltando dos muros.

Elsa afundou a cabeça e a avó disse:

– No verão vocês voam.

Chegaram as férias. As famílias viajaram para praias diferentes.

No fim de fevereiro Elsa voltava com seus pais a Buenos Aires. Pediu que parassem o carro na frente de uma casa que nunca tinham visto.

Ale abriu a porta.

– Voou? – perguntou Elsa.

– Não – disse Ale.

– Nem eu – disse Elsa.

Abraçaram-se chorando.

OS NEGRORES E OS SÓIS

Uma mulher e um homem celebram, em Buenos Aires, trinta anos de casados. Convidam outros casais daqueles tempos, gente que não se via há anos, e sobre a toalha amarelenta, bordada para o casamento, todos comem, riem, brindam, bebem. Esvaziam umas quantas garrafas, contam piadas picantes, engasgam de tanto comer e rir e trocar tapinhas nas costas. Em algum momento, passada a meia-noite, chega o silêncio. O silêncio entra, se instala; vence. Não há frase que chegue até a metade, nem gargalhada que não soe como se estivesse fora do lugar. Ninguém se atreve a ir embora. Então, não se sabe como, começa o jogo. Os convidados brincam de quem leva mais anos morto. Perguntam-se entre si quantos anos faz que você está morto: não, não, se dizem, vinte anos não: você está diminuindo. Você leva vinte e cinco anos morto. E é isso.

Alguém me contou, na revista, esta estória de velhices e vinganças ocorridas em sua casa na noite anterior. Eu terminava de escutá-la quando tocou o telefone. Era uma companheira uruguaia que me conhecia pouco. De vez em quando vinha me ver para passar informação política, ou para ver o que se podia fazer por outros exilados sem teto nem trabalho. Mas agora não me telefonava para isso. Esta vez telefonava para me contar que estava apaixonada. Disse-me que finalmente tinha encontrado o que havia estado buscando sem saber que buscava e que precisava contar para alguém e que desculpasse o incômodo e que ela tinha descoberto que era possível dividir as coisas mais profundas e queria contar porque é uma boa notícia, não? e não tenho a quem contá-la e pensei.

Contou-me que tinham ido juntos ao hipódromo pela primeira vez na vida e ficaram deslumbrados pelo brilho dos cavalos e dos blusões de seda. Tinham uns poucos pesos e apostavam tudo, certos de que ganhariam, porque era a primeira vez, e tinham apostado nos cavalos mais simpáticos ou nos nomes mais engraçados. Perderam tudo e voltaram a pé e absolutamente felizes pela beleza dos animais e a emoção das corridas e porque eles também eram jovens e belos e capazes de tudo. Agora mesmo, me disse ela, morro de vontade de ir na rua, tocar corneta, abraçar as pessoas, gritar que eu amo e que nascer é uma sorte.

As formigas

Tracey Hill era menina num povoado de Connecticut, e se divertia com diversões próprias de sua idade, como qualquer outro doce anjinho de Deus no estado de Connecticut ou em qualquer outro lugar deste planeta.

Um dia, junto a seus companheirinhos de escola, Tracey se pôs a atirar fósforos acesos num formigueiro. Todos desfrutaram daquele sadio entretenimento infantil; Tracey, porém, ficou impressionada com uma coisa que os outros não viram, ou fizeram como se não vissem, mas que a deixou paralisada e deixou nela, para sempre, um sinal na memória: frente ao fogo, frente ao perigo, as formigas separavam-se em casais e assim, de duas em duas, bem juntinhas, esperavam a morte.

A FEIRA

A ameixa gorda, de puro caldo que te inunda de doçura, deve ser comida, como você me ensinou, com os olhos fechados. A ameixa vermelhona, de polpa apertada e vermelha, deve ser comida sendo olhada.

Você gosta de acariciar o pêssego e despi-lo a faca, e prefere que as maçãs venham opacas para que cada um possa fazê-las brilhar com as mãos.

O limão inspira a você respeito, e as laranjas, riso. Não há nada mais simpático que as montanhas de rabanete e nada mais ridículo que o abacaxi, com sua couraça de guerreiro medieval.

Os tomates e os pimentões parecem nascidos para se exibirem de pança para o sol nas cestas, sensuais de brilhos e preguiças, mas na realidade os tomates começam a viver sua vida quando se misturam ao orégano, ao sal e ao azeite, e os pimentões não encontram seu destino até que o calor do forno os deixa em carne viva e nossas bocas os mordem com desejo.

As especiarias formam, na feira, um mundo à parte. São minúsculas e poderosas. Não há carne que não se excite e jorre caldos, carne de vaca ou de peixe, de porco ou de cordeiro, quando penetrada pelas especiarias. Nós temos sempre presente que se não fosse pelos temperos não teríamos nascido na América, e nos teria faltado magia na mesa e nos sonhos. Ao fim e ao cabo, foram os temperos que empurraram Cristóvão Colombo e Simbad, o Marujo.

As folhinhas de louro têm uma linda maneira de se quebrarem em sua mão antes de cair suavemente sobre a carne assada ou os ravioles. Você gosta muito do romeiro e da verbena, da noz-moscada, da alfavaca e da canela, mas nunca saberá se é por causa dos aromas, dos sabores ou dos nomes. A salsinha, tempero dos pobres, leva uma vantagem sobre todos os outros: é o único que chega aos pratos verde e vivo e úmido de gotinhas frescas.

Para inventar o mundo cada dia

Conversamos, comemos, fumamos, caminhamos, trabalhamos juntos, maneiras de fazer o amor sem entrar-se, e os corpos vão se chamando enquanto viaja o dia rumo à noite.

Escutamos a passagem do último trem. Badaladas no sino da igreja. É meia-noite.

Nosso trenzinho próprio desliza e voa, anda que te anda pelos ares e pelos mundos, e depois vem a manhã e o aroma anuncia o café saboroso, fumegante, recém-feito. De sua cara sai uma luz limpa e seu corpo cheira a molhadezas.

Começa o dia.

Contamos as horas que nos separam da noite que vem. Então, faremos o amor, o tristecídio.

AMARES

Nos amávamos rodando pelo espaço e éramos uma bolinha de carne saborosa e suculenta, uma única bolinha quente que resplandecia e jorrava aromas e vapores enquanto dava voltas e voltas pelo sonho de Helena e pelo espaço infinito e rodando caía, suavemente caía, até parar no fundo de uma grande salada. E lá ficava, aquela bolinha que éramos ela e eu; e lá no fundo da salada víamos o céu. Surgíamos a duras penas através da folhagem cerrada das alfaces, dos ramos do aipo e do bosque de salsa, e conseguíamos ver algumas estrelas que andavam navegando no mais distante da noite.

A NOITE/1

Não consigo dormir. Tenho uma mulher atravessada entre minhas pálpebras. Se pudesse, diria a ela que fosse embora; mas tenho uma mulher atravessada em minha garganta.

A noite/2

Eu adormeço às margens de uma mulher: eu adormeço às margens de um abismo.

A NOITE/3

Eles são dois por engano. A noite corrige.

A noite/4

Solto-me do abraço, saio às ruas.
No céu, já clareando, desenha-se, finita, a lua.
A lua tem duas noites de idade.
Eu, uma.

Longa viagem sem nos movermos

Ritmo de pulmões da cidade que dorme. Fora, faz frio.

De repente, um barulho atravessa a janela fechada. Você aperta as unhas em meu braço. Não respiro. Escutamos um barulho de golpes e palavrões e o longo uivo de uma voz humana. Depois, silêncio.

– Não peso muito?

Nó marinheiro.

Formosuras e dormidezas, mais poderosas que o medo.

Quando entra o sol, pestanejo e espreguiço com quatro braços. Ninguém sabe quem é o dono deste joelho, nem de quem é este cotovelo ou este pé, esta voz que murmura bom-dia.

Então o animal de duas cabeças pensa ou diz ou queria:

– Para gente que acorda assim, não pode acontecer nada ruim.

A PEQUENA MORTE

Não nos provoca riso o amor quando chega ao mais profundo de sua viagem, ao mais alto de seu voo: no mais profundo, no mais alto, nos arranca gemidos e suspiros, vozes de dor, embora seja dor jubilosa, e pensando bem não há nada de estranho nisso, porque nascer é uma alegria que dói. *Pequena morte,* chamam na França a culminação do abraço, que ao quebrar-nos faz por juntar-nos, e perdendo-nos faz por nos encontrar e acabando conosco nos principia. *Pequena morte,* dizem; mas grande, muito grande haverá de ser, se ao nos matar nos nasce.

Causos

Nos antigamentes, dom Verídico semeou casas e gentes em volta do botequim El Resorte, para que o botequim não se sentisse sozinho. Este causo aconteceu, dizem por aí, no povoado por ele nascido.

E dizem por aí que ali havia um tesouro, escondido na casa de um velhinho todo mequetrefe.

Uma vez por mês, o velhinho, que estava nas últimas, se levantava da cama e ia receber a pensão.

Aproveitando a ausência, alguns ladrões, vindos de Montevidéu, invadiram a casa.

Os ladrões buscaram e buscaram o tesouro em cada canto. A única coisa que encontraram foi um baú de madeira, coberto de trapos, num canto do porão. O tremendo cadeado que o defendia resistiu, invicto, ao ataque das gazuas.

E assim, levaram o baú. Quando finalmente conseguiram abri-lo, já longe dali, descobriram que o baú estava cheio de cartas. Eram as cartas de amor que o velhinho tinha recebido ao longo de sua longa vida.

Os ladrões iam queimar as cartas. Discutiram. Finalmente, decidiram devolvê-las. Uma por uma. Uma por semana.

Desde então, ao meio-dia de cada segunda-feira, o velhinho se sentava no alto da colina. E lá esperava que aparecesse o carteiro no caminho. Mal via o cavalo, gordo de alforjes, entre as árvores, o velhinho desandava a correr. O carteiro, que já sabia, trazia sua carta nas mãos.

E até São Pedro escutava as batidas daquele coração enlouquecido de alegria por receber palavras de mulher.

A ESTAÇÃO

Achával vivia longe, a mais de uma hora de Buenos Aires. Não gostava de esticar a noite na cidade, porque era triste a madrugada solitária no trem.

Todas as manhãs Acha subia no trem das nove para ir trabalhar. Subia sempre no mesmo vagão e se sentava no mesmo lugar.

Na sua frente viajava uma mulher. Todos os dias, às nove e vinte e cinco, essa mulher descia por um minuto numa estação, sempre a mesma, onde um homem a esperava parado sempre no mesmo lugar. A mulher e o homem se abraçavam e se beijavam até que soava o sinal. Então ela se soltava e voltava ao trem.

Essa mulher se sentava em frente, mas Acha nunca ouviu sua voz.

Uma manhã ela não veio e às nove e vinte e cinco Acha viu, pela janela, o homem esperando na plataforma. Ela não veio nunca mais. Depois de uma semana, também o homem desapareceu.

Mulher que diz tchau

Levo comigo um maço vazio e amassado de *Republicana* e uma revista velha que ficou por aqui. Levo comigo as duas últimas passagens de trem. Levo comigo um guardanapo de papel com minha cara que você desenhou, da minha boca sai um balãozinho com palavras, as palavras dizem coisas engraçadas. Também levo comigo uma folha de acácia recolhida na rua, uma outra noite, quando caminhávamos separados pela multidão. E outra folha, petrificada, branca, com um furinho como uma janela, e a janela estava fechada pela água e eu soprei e vi você e esse foi o dia em que a sorte começou.

Levo comigo o gosto do vinho na boca. (Por todas as coisas boas, dizíamos, todas as coisas cada vez melhores que nos vão acontecer.)

Não levo nem uma única gota de veneno. Levo os beijos de quando você partia (eu nunca estava dormindo, nunca). É um assombro por tudo isso que nenhuma carta, nenhuma explicação, podem dizer a ninguém o que foi.

A MOÇA DA CICATRIZ NO QUEIXO

1

Veio trazida pelo temporal.

Chegou do norte, cortando vento, na carroça do velho Matias. Eu a vi chegar e as minhas pernas bambearam. Usava uma fita vermelha nos cabelos revoltos pelo forte vento arenoso.

O tempo estava maltratando-nos. A tormenta havia chegado uma semana antes, mostrando uma escuridão pelos lados do sul. No céu, flocos de nuvens corriam como brancos rabos de égua, e no mar, as toninhas saltavam como loucas: a tormenta veio e ficou.

Era novembro. As fêmeas dos tubarões aproximavam-se da costa para parir. Esfregavam os ventres contra a areia do fundo do mar.

Nesses dias, quando a tormenta permitia uma trégua, os cavalos percherões conduziam os barcos além da arrebentação e os pescadores saíam mar adentro. Mas o mar estava muito agitado. Os molinetes giravam e as redes subiam com uma confusão de algas e sujeiras e uns poucos tubarões mortos ou moribundos. Perdia-se o tempo em desembaraçar aquela confusão e consertar as redes. De repente o vento mudava sua direção, vinha forte pelo leste ou pelo sul, carbonizava-se o céu, as ondas varriam as cobertas dos barcos: era necessário virar a proa rapidamente rumo à costa.

Três dias antes de ela chegar, um barco havia virado, traído pela ventania. A maré tinha levado um pescador. Não o devolveu.

Estávamos falando desse homem, o Calabrês, e eu estava de costas, inchado sobre o balcão. Então, como obedecendo a um chamado, virei-me e vi.

2

Nessa noite, pela janela aberta de minha casa, contemplamos juntos as faíscas dos relâmpagos iluminando os casebres do vilarejo. Juntos, esperamos os trovões e o desaguar da chuva.

– Você sabe cozinhar?

– Sei alguma coisa. Batatas, peixes...

Eu passava as noites debruçado, sozinho, na janela, acariciando a garrafa de genebra e esperando pelo sono ou pelos doentes. Meu consultório, de chão de terra e lampião a querosene, consistia numa cama turca e um estetoscópio, algumas seringas, vendas, agulhas, linhas para dar pontos em cortes e as amostras grátis de remédios que Carrizo, de vez em quando, me mandava de Buenos Aires. Com isso, e com dois anos de faculdade, eu me arranjava para costurar homens e lutar contra as febres. Nas minhas noites solitárias sem querer desejava uma desgraça para não me sentir totalmente inútil.

Rádio, eu não escutava, pois no litoral corria o perigo ou a tentação de sintonizar alguma emissora do meu país.

– Não vi nenhuma mulher neste vilarejo. Também isso você deixou para trás?

Eu dormia sozinho na minha cama de faquir. Os elásticos do colchão já estavam à vista e as pontas das molas em espiral apareciam perigosamente. Tinha que dormir todo encolhido para não ser espetado por elas.

– Sim – respondi-lhe, com ar zombeteiro. – Para mim acabou-se a clandestinidade. Nem com mulheres casadas tenho encontros clandestinos.

Ficamos calados.

Fumei um cigarro, dois.

Por fim, perguntei-lhe para que tinha vindo. Respondeu-me que precisava de um passaporte.

– Você ainda faz passaportes?

– Pensa voltar?

Disse-lhe que, tal como estavam as coisas, voltar seria uma estupidez. Que não existia o heroísmo inútil. Que...

– Isso é coisa minha – disse ela. – Perguntei se você ainda faz passaportes.

– Se você precisar.

– Quanto tempo leva?

– Para os outros – disse-lhe –, um dia. Para você, uma semana.

Riu.

Nessa noite cozinhei com vontade pela primeira vez. Fiz para Flávia uma corvina na brasa. Ela preparou um molho com o pouco que havia.

Fora, chovia a cântaros.

3

Conhecemo-nos por ocasião do estado de sítio. Tínhamos que caminhar abraçados e nos beijar caso se aproximasse qualquer vulto de uniforme. Os primeiros beijos foram por normas de segurança. Os seguintes, porque nos desejávamos.

Naquele tempo, as ruas da cidade estavam vazias.

Os torturados e os moribundos, entre si mesmos, diziam seus nomes e se tocavam nas pontas dos dedos.

Flávia e eu nos encontrávamos cada vez em um lugar diferente, e ficávamos desesperados, em pânico, quando ocorriam alguns minutos de atraso.

Abraçados, escutávamos as sirenes das rondas patrulheiras e os sons do passo da noite, em direção àquela claridade indecisa que precede a aurora. Não dormíamos nunca. Do lado de fora, chegavam-nos o canto do galo, a voz do garrafeiro, o barulho das latas de lixo e, então, tomar juntos o café da manhã era muito importante.

Nunca nos dissemos a palavra amor. Isso se deslizava, de contrabando, quando dizíamos: "Chove", ou dizíamos: "Sinto-me bem", mas eu teria sido capaz de meter-lhe uma bala na memória para que não lembrasse nada de nenhum outro homem.

– Alguma vez – dizíamos –, quando as coisas mudarem.

– Vamos ter uma casa.

– Seria lindo.

Por algumas noites pudemos pensar, atordoados, que era por isso que se lutava. Que para que isso fosse possível é que as pessoas se atiravam na luta.

Mas era uma trégua. Logo soubemos, ela e eu, que antes disso iríamos esquecer ou morrer.

4

O céu amanheceu limpo e azul.

Ao entardecer, vimos ao longe os barcos dos pescadores como pontinhos que vinham crescendo. Voltavam com os porões repletos de tubarões.

Eu conhecia essa horrível agonia. Os tubarões, estrangulados, remexiam-se nas redes, tentando cegamente lançar mordidas antes de caírem amontoados.

5

– Aqui ninguém encontrará você. Fica, até que as coisas mudem.

– As coisas mudam sozinhas?

– O que você vai fazer? A revolução?

– Eu sou uma formiguinha. As formiguinhas não fazem coisas tão grandes como a revolução ou a guerra. Levamos pedacinhos de folhas ou mensagens. Ajudamos um pouco.

– Folhinhas, pode ser. Ficaram algumas plantas.

– E algumas pessoas.

– Sim: os velhos, os milicos, os presos e os loucos.

– Não é bem assim.

– Você não quer que seja bem assim.

– Estive muito tempo fora. Longe. E agora... agora estou quase de volta. Pertinho, em frente. Sabe o que sinto? O que os bebezinhos sentem quando observam o dedão do pé e descobrem o mundo.

– A realidade não se importa nem um pouco com o que você sente.

– E vamos ficar chorando pelos cantos?

– Seis vezes sete é quarenta e dois e não noventa e quatro, e você, furiosa grita: Quem é o filho da puta que anda mudando os números?

– Mas... você pode me dizer como é que se acaba com uma ditadura? Com flechinhas de papel?

– Com o quê, eu não sei.

– Daqui, se acaba uma ditadura? Por controle remoto?

– Ah, sim. A heroína solitária busca a morte. Não, não é machismo pequeno-burguês. É feminismo.

– E você? Pior. É egoísmo.

– Ou covardia. Diga.

– Não, não.
– Diga que sou enganador, desertor.
– Você não entendeu.
– É você quem não entende.
– Por que reage assim?
– E você?
– Eu já sei que você não precisa provar nada a você mesmo. Não seja bobo.
– No entanto, você me disse que...
– E você também me disse. Vamos começar outra vez?
– Está bem. Eu me expressei mal.
– Desculpe-me.
– Seria uma estupidez discutirmos nestes poucos dias que...
– Sim. Nestes poucos dias.
– Escuta.
– O quê?
– Sabe de uma coisa? Estamos todos desamparados.
– Sim.
– Todos. Desamparados.
– Sim. Mas eu te amo.

6

Íamos visitar o Capitão.

O Capitão, em terra firme, estava sempre de passagem.

Sua verdadeira residência era o mar, o barco *Foragido*, que nos dias bons se perdia longe do horizonte.

Ele tinha armado uma barraca entre os carvalhos, para os maus dias, e ali ficava a vaguear na sombra, cercado por seus magros cachorros, pelas galinhas e porcos criados ao deus-dará.

O Capitão tinha músculos até nas sobrancelhas.

Nunca tinha escutado uma previsão do tempo, nem consultado uma carta de navegação, mas conhecia como ninguém aquele mar.

Às vezes, ao entardecer, eu ia à praia para vê-lo chegar.

Via-o em pé na proa, com as pernas abertas e as mãos na cintura, aproximando-se da costa, e adivinhava sua voz dando ordens ao timoneiro. O Capitão subia na crista da onda brava, montava-a quando queria, cavalgava sobre ela, a domava; deixava-se levar tranquilamente, deslizando suavemente até a costa.

O Capitão sabia executar o seu ofício, fazia-o bem, amava o que fazia e o que já havia feito. Eu gostava de ouvi-lo.

Se um norte você perdeu, pelo sul ele se escondeu. O Capitão ensinou-me a pressentir as mudanças do vento. Ensinou-me também por que os tubarões, que não sabem nadar para trás e só têm olfato para o sangue, se enrolam nas redes, e como as corvinas negras comem mexilhões no fundo do mar, boca abaixo, cuspindo as cascas, e como as baleias fazem amor nos gelados Mares do Sul e sobem à superfície com as caudas enroscadas.

O Capitão tinha andado pelo mundo. Escutá-lo era como fazer uma longa viagem de trás para diante, do ponto de chegada ao ponto de partida, e pelo caminho apareciam o mistério e a loucura e a alegria do mar e alguma vez, rara vez, também a dor calada. As histórias mais antigas eram as mais divertidas e eu ficava imaginando que nos anos de sua juventude, antes das feridas das quais pouco falava, o Capitão tinha sabido ser feliz até nos velórios.

Enquanto falávamos, chegavam até a barraca do Capitão o barulho ininterrupto de uma serra e os mugidos das vacas na mansidão; chegavam também as marteladas do sapateiro que amaciava couros na forma de ferro apoiada em seus joelhos.

Falava-me de minha cidade, que conhecia bem. Isto é, conhecia o porto e a baía, mas principalmente as ruelas da parte baixa da cidade e os bares. Perguntava-me sobre certos botequins e mercadinhos e eu lhe dizia que haviam desaparecido e ele se calava e cuspia tabaco.

– Eu não acredito nos tempos de hoje – dizia o Capitão.

Uma vez ele me disse:

– Quando as paredes duram menos que os homens, as coisas não andam bem. No seu país, as coisas não andam bem.

Também falava do passado daquele povoado de pescadores, que tinha conhecido suas épocas de glória quando o fígado do tubarão valia seu peso em ouro e os marinheiros passavam as noites de temporal com uma puta francesa em cada joelho e algum anão abanando e os violeiros cantando versos de amor.

Do pique da proa, olhou Flávia com desconfiança.

Franziu a testa e lhe falou baixinho, para que eu não ouvisse:

– Quando este homem chegou aqui – apontando-me e mentindo para Flávia –, matou com as próprias mãos o cavalo que o trouxe. Matou-o com um tiro.

7

Em plena noite fomos despertados por fortes batidas na porta e por gritos. Por pouco a porta não veio abaixo.

Eu e Flávia saímos correndo para a casa do maneta Justino. Peguei o que pude e voamos para lá.

Anos atrás, um tubarão-tigre havia arrancado o braço de Justino. O tubarão tinha dado a volta quando Justino tentava tirá-lo da rede. Eu conhecia Justino muito pouco, mas disso eu sabia.

No casebre, o lampião a querosene cambaleou.

A mulher do sem-braço gritava com as pernas abertas. As coxas estavam inchadas e roxas. Na pele esticada via-se uma seiva de minúsculas veias.

Pedi a Flávia para ferver uma panela de água. Mandei Justino, que estava muito nervoso e tropeçando em tudo, esperar lá fora. Um cachorro escondeu-se debaixo da cama e expulsei-o a pontapés.

Com alma e vida debrucei-me sobre o ventre da mulher. Ela uivava como um animal, gemia e xingava – não aguento mais, está doendo, caralho, eu morro –, fervendo de suor, e a cabecinha vinha aparecendo entre as pernas mas não saía, não saía nunca, e eu fazia força com o corpo todo e aí a mulher deu um soco num travessão de madeira e o teto quase veio abaixo, e deu um longo grito esganiçado.

Flávia estava ao meu lado.

Fiquei paralisado. A pequenina tinha nascido com o cordão dando-lhe duas voltas no pescoço. O rostinho estava roxo, inchado, sem traços, e estava toda oleosa e coberta de sangue e de uma merda verde e tinha a dor estampada no rosto. Não se viam as feições mas se via a dor, e creio que pensei: pobrezinha, já tão cedo.

Eu tremia da cabeça aos pés. Quis segurá-la. Faltavam-me mãos. Escorregou.

Foi Flávia quem desenroscou o cordão. Eu atinei, não sei como, dar dois nós bem fortes com um fio qualquer, e com uma gilete cortei o cordão de uma vez.

E esperei.

Flávia segurava pelos pés e a mantinha suspensa no ar.

Dei-lhe uma palmadinha nas costas.

Os segundos voavam.

Nada.

E esperamos.

Creio que Justino estava na porta, de joelhos, rezando. A mulher gemia, queixando-se com um fio de voz. Estava longe. E nós esperando, com a menininha de cabeça para baixo, e nada.

Tornei a dar-lhe uma palmada nas costas.

Aquele cheiro imundo e adocicado revirava o meu estômago.

Então, rapidamente, Flávia agarrou-a pela cabeça, levou-a à boca e a beijou violentamente. Aspirou e cuspiu e tornou a aspirar e cuspir crostas e escarros e baba branca. E finalmente a pequenina chorou. Tinha nascido. Estava viva.

Ela me entregou a menina e eu a lavei. As pessoas foram entrando. Flávia e eu saímos.

Estávamos exaustos e atordoados. Fomos sentar na areia, junto ao mar, e sem dizer nada, nos perguntávamos: "Como foi? Como foi?".

Eu confessei:

— Nunca havia presenciado. Não sabia como era. Para mim, foi a primeira vez.

E ela disse:

— Nem eu.

Apoiou a cabeça no meu peito. Senti a força de seus dedos agarrando-se nas minhas costas. Adivinhei que tinha lágrimas presas nos olhos.

Depois perguntou ou fez a pergunta para si mesma:

— Como será ter um filho? Um filho próprio, da gente?

E disse.

– Eu nunca vou ter.

E depois, um marinheiro chegou perto, mandado por Justino, perguntando a Flávia qual era seu nome. Precisavam do nome para o batismo.

– Mariana – respondeu Flávia.

Fiquei surpreso. Não disse nada.

O marinheiro deixou-nos uma garrafa de grapa. Bebi no gargalo. Flávia também.

– Sempre quis me chamar assim – disse-me.

E eu me lembrei que esse era o nome que constava no passaporte que estava preparando – lenta, lentamente – para que ela fosse embora.

8

Coloquei as fotos no chá para envelhecê-las. Apaguei letra por letra com uns ácidos franceses que tinha guardado. Passei um solvente sobre a impressão digital e depois cola de farinha de trigo e borracha de tinta. Alisei as folhas com ferro de passar roupa morno. O passaporte ficou nu. Fui vestindo-o pouco a pouco. Deixei marcas de carimbos e fiz assinaturas. Depois friccionei as folhas com as unhas.

9

Aproximava-se o fim do ano. Fazia um mês que Flávia estava ali. A lua nasceu com os cornos para cima.

Longe, não tão longe, alguém se emputecia, alguém se despedaçava, alguém ficava louco de solidão ou de fome. Apertava-se um botão: a máquina zumbia, crepitava, abria as mandíbulas de aço. Um homem conseguia depois de muito tempo ver seu filho preso através de uma grade, e o reconhecia somente pelos sapatos marrons que tinha dado de presente a ele.

– Faça com que esses cachorros se calem.

Flávia sentia-se culpada por comer comida quente duas vezes ao dia, ter abrigo no inverno e liberdade. Ela me disse:

– Faça com que esses cachorros se calem. Se eles se calam, eu fico.

10

Fomos dormir tarde e quando despertei estava só.

Tomei genebra. A minha mão tremia. Apertei o copo, forcei e o quebrei. Minha mão sangrou.

11

Naquele mês, Carrizo chegou.

Para ele, foi difícil contar-me.

Não quis detalhes. Não quis guardar dela a memória de uma morte repugnante. Neguei-me a saber se a haviam asfixiado com uma bolsa de plástico, num barril com água e merda ou se lhe haviam arrebentado o fígado a pontapés.

Pensei no pouco que durou para ela a alegria de chamar-se Mariana.

12

Decidi ir embora com Carrizo ao amanhecer.

O velho Matias, que era guia, aprontou os cavalos. Ele nos acompanharia.

Foram esperar-me do outro lado do riacho. Fui despedir-me do Capitão.

– Não vai me deixar dar-lhe um abraço?

O Capitão estava de costas. Escutou minhas explicações.

Abriu a janela, observou o céu, farejou a brisa: era bom dia para navegar.

Esquentou água, parcimonioso, para o chimarrão. Não dizia nada e continuava virado de costas. Eu tossi.

– Vá – disse-me asperamente, por fim. – Vá de uma vez.

– Vamos queimar a sua casa – prosseguiu – e tudo o que é seu.

Montei e fiquei esperando, sem decidir-me.

Então ele saiu e deu uma chicotada na anca do cavalo.

13

Íamos a trote e pensei nesse corpo terno e violento. Vai me perseguir até o fim, pensei. Quando abrir a porta, vou querer encontrar alguma mensagem dela e quando me deitar para dormir em algum chão ou cama vou escutar e contar os passos na escada, um a um, ou o barulho do elevador, andar a andar, não por medo dos milicos mas pelo louco desejo de que ela esteja viva e volte. Vou confundi-la com outras. Procurarei seu nome e sua voz e seu rosto. Sentirei seu cheiro na rua. Vou me embebedar e não me servirá de nada, pensei, se não é com saliva ou lágrimas dessa mulher.

Confissão do artista

Eu sei que ela é uma cor e um som. Se pudesse mostrá-la a você!

Dormia ali, nua, abraçando as próprias pernas. Eu amava nela a alegria de animal jovem e ao mesmo tempo amava o pressentimento da decomposição, porque ela havia nascido para desfazer-se e eu sentia pena que fôssemos parecidos nisso. Mostrava a pele do ventre, que parecia raspada por um pente de metal. Essa mulher! Algumas noites saía luz de seus olhos e ela não sabia.

Passo as horas procurando-a, sentado na frente do cavalete, mordendo os punhos, com os olhos cravados numa mancha de tinta vermelha que parece ao entusiasmo dos músculos e a tortura dos anos. Olho até sentir que meus olhos doem e finalmente creio que começo a sentir, no escuro, as pulsações da pintura crescendo e transbordando, viva, sobre a tela branca, e creio que escuto o ruído dos pés descalços sobre a madeira do chão, sua canção triste. Mas não. Minha própria voz avisa: "A cor é outra. O som é outro".

Levanto, e cravo a espátula nessa víscera vermelha e rasgo a tela de cima para baixo. Depois de matá-la, deito de boca para cima, arfando como um cão.

Mas não posso dormir. Lentamente vou sentindo que volta a nascer em mim a necessidade de pari-la. Ponho o casaco e vou beber vinho nos botecos do porto.

Essa velha é um país

1

A última vez que a Avó viajou para Buenos Aires chegou sem nenhum dente, como um recém-nascido. Eu fiz que não percebi. Graciela tinha me advertido, por telefone, de Montevidéu: "Está muito preocupada. Me perguntou: Eduardo não vai me achar feia?".

A Avó parecia um passarinho. Os anos iam passando e faziam com que ela encolhesse.

Saímos do porto abraçados.

Propus um táxi.

– Não, não – disse a ela. – Não é porque ache que você vá ficar cansada. Eu sei que você aguenta. É que o hotel fica muito longe, entende?

Mas ela queria caminhar.

– Escuta, vó – falei. – Por aqui não vale a pena. A paisagem é feia. Esta é uma parte feia de Buenos Aires. Depois, quando você tiver descansado, vamos juntos caminhar pelos parques.

Parou, me olhou de cima a baixo. Me insultou. E me perguntou, furiosa:

– E você acha que eu olho a paisagem, quando caminho com você?

Se pendurou em mim.

– Eu me sinto crescida – disse – debaixo da tua asa.

Perguntou-me: "Você lembra quando me levava no colo, no hospital, depois da operação?".

Falou-me do Uruguai, do silêncio e do medo:

– Está tudo tão sujo. Está tão sujo tudo.

Falou-me da morte:

– Vou me reencarnar num carrapicho. Ou em um neto ou bisneto seu vou aparecer.

– Mas, ô velha – falei. – Se a senhora vai viver duzentos anos. Não me fale da morte, que a senhora ainda vai durar muito.

– Não seja perverso – respondeu.

Disse que estava cansada de seu corpo.

– Volta e meia eu falo para ele, para meu corpo: "Não te suporto". E ele responde: "Eu tampouco".

– Olha – disse ela, e esticou a pele do braço.

Falou da viagem:

– Lembra quando a febre estava te matando, na Venezuela, e eu passei a noite chorando, em Montevidéu, sem saber por quê? Na semana passada, disse para Emma: "Eduardo não está tranquilo". E vim. E agora também acho que você não está tranquilo.

2

Vovó ficou uns dias e voltou para Montevidéu.

Depois escrevi uma carta para ela. Escrevi que não cuidasse, que não se chateasse, que não se cansasse. Disse que eu sei direitinho de onde veio o barro com que me fizeram.

E depois me avisaram que tinha sofrido um acidente.

Telefonei para ela.

– Foi minha culpa – falou. – Escapei e fui caminhando até a Universidade, pelo mesmo caminho que fazia antes para ver você. Lembra? Eu já sei que não posso fazer isso. Cada vez que faço, caio. Cheguei ao pé da escada e disse, em voz alta: "Aroma do Tempo", que era o nome do perfume que você uma vez me deu de presente. E caí. Me levantaram e me trouxeram aqui. Acharam que eu tinha quebrado algum osso. Mas hoje, nem bem me deixaram sozinha, me levantei da cama e fugi. Saí na rua e disse: "Eu estou bem viva e louca, como ele quer".

O MÚSCULO SECRETO

Nos últimos anos, a Avó estava se dando muito mal com o próprio corpo. Seu corpo, corpo de aranhinha cansada, negava-se a segui-la.

— *Ainda bem que a mente viaja sem passagem* — dizia.

Eu estava longe, no exílio. Em Montevidéu, a Avó sentiu que tinha chegado a hora de morrer. Antes de morrer, quis visitar a minha casa com corpo e tudo.

Chegou de avião, acompanhada pela minha tia Emma. Viajou entre as nuvens, entre as ondas, convencida de que estava indo de barco; e quando o avião atravessou uma tempestade, achou que estava numa carruagem, aos pulos, sobre a estrada de pedras.

Ficou em casa um mês. Comia mingaus de bebê e roubava caramelos. No meio da noite despertava e queria jogar xadrez ou brigava com meu avô, que tinha morrido há quarenta anos. Às vezes tentava alguma fuga até a praia, mas suas pernas se enroscavam antes que ela chegasse na escada.

No final, disse:

— *Agora, já posso morrer.*

Disse que não ia morrer na Espanha. Queria evitar que eu tivesse a trabalheira burocrática, o transporte do corpo, aquilo tudo: disse que sabia muito bem que eu odiava a burocracia.

E regressou a Montevidéu. Visitou a família toda, casa por casa, parente por parente, para que todos vissem que tinha regressado muito bem e que a viagem não tinha culpa. E então, uma semana depois de ter chegado, deitou-se e morreu.

Os filhos jogaram as suas cinzas debaixo da árvore que ela tinha escolhido.

Às vezes, a Avó vem me ver nos sonhos. Eu caminho na beira de um rio e ela é um peixe que me acompanha deslizando suave, suave, pelas águas.

Outra avó

A avó de Bertha Jensen morreu amaldiçoando.

Ela tinha vivido a vida inteira na ponta dos pés, como se pedisse perdão por incomodar, consagrada ao serviço do marido e à sua prole de cinco filhos, esposa exemplar, mãe abnegada, silencioso exemplo de virtude: jamais uma queixa saíra de seus lábios, e muito menos um palavrão.

Quando a doença derrubou-a, chamou o marido, sentou-o na frente da cama, e começou. Ninguém suspeitava que ela conhecesse aquele vocabulário de marinheiro bêbado. A agonia foi longa. Durante mais de um mês, a avó, da cama, vomitou um incessante jorro de insultos e blasfêmias baixíssimas. Até a sua voz mudou. Ela, que nunca tinha fumado nem bebido outra coisa além de água ou leite, xingava com vozinha rouca. E assim, xingando, morreu; e foi um alívio geral na família e na vizinhança.

Morreu onde havia nascido, na aldeia de Dragor, na frente do mar, na Dinamarca. Chamava-se Inge. Tinha uma linda cara de cigana. Gostava de vestir-se de vermelho e de navegar ao sol.

A ACROBATA

Luz Marina Acosta era menininha quando descobriu o circo Firuliche.

O circo Firuliche emergiu certa noite, mágico barco de luzes, das profundidades do Lago da Nicarágua. Eram clarins guerreiros as cornetas de papelão dos palhaços e bandeiras altas os farrapos que ondeavam anunciando a maior festa do mundo. A lona estava toda cheia de remendos, e também os leões, aposentados leões; mas a lona era um castelo e os leões, os reis da selva. E uma senhora rechonchuda, brilhante de lantejoulas, era a rainha dos céus, balançando nos trapézios a um metro do chão.

Então, Luz Marina decidiu tornar-se acrobata. E saltou de verdade, lá do alto, e em sua primeira acrobacia, aos seis anos de idade, quebrou as costelas.

E assim foi, depois, a vida. Na guerra, longa guerra contra a ditadura de Somoza, e nos amores: sempre voando, sempre quebrando as costelas.

Porque quem entra no circo Firuliche não sai jamais.

Crônica da cidade de Bogotá

Quando as cortinas baixavam a cada fim de noite, Patricia Ariza, marcada para morrer, fechava os olhos. Em silêncio agradecia os aplausos do público e também agradecia outro dia de vida roubado da morte.

Patricia estava na lista dos condenados, por pensar à esquerda e viver de frente; e as sentenças estavam sendo executadas, implacavelmente, uma após a outra.

Até sem casa ela ficou. Uma bomba podia acabar com o edifício: os vizinhos, respeitadores da lei do silêncio, exigiram que ela se mudasse.

Patricia andava com um colete à prova de balas pelas ruas de Bogotá. Não tinha outro jeito; mas era um colete triste e feio. Um dia, Patricia pregou no colete algumas lantejoulas, e em outro dia bordou umas flores coloridas, flores que desciam feito chuva sobre seus peitos, e assim o colete foi por ela alegrado e enfeitado, e seja como for conseguiu acostumar-se a usá-lo sempre, e já não o tirava nem mesmo no palco.

Quando Patricia viajou para fora da Colômbia, para atuar em teatros europeus, ofereceu o colete antibalas a um camponês chamado Julio Cañón.

Julio Cañón, prefeito do povoado de Vista-Hermosa, tinha perdido à bala a família inteira, só como advertência, mas negou-se a usar o colete florido:

– *Eu não uso coisas de mulheres* – disse.

Com uma tesoura, Patricia arrancou os brilhos e as cores, e então o colete foi aceito pelo homem.

Naquela mesma noite ele foi crivado de balas. Com colete e tudo.

NOEL

A chuva havia nos surpreendido na metade do caminho; tinha se descarregado, raivosa, durante dois dias e duas noites.

Fazia já algumas horas que o sol tinha voltado, e as crianças andavam ao pé do morro buscando o jacaré caído do céu. O sol atacava as lamas das roças e a mata próxima, arrancando nuvens de vapor e aromas vegetais, limpos e embriagadores.

Nós estávamos esperando que um ruído de motores anunciasse a continuação da viagem, e deixávamos passar o tempo, entre bocejos, sentados de costas contra a frente de madeira do armazém ou deitados sobre sacos de açúcar ou de milho moído.

Dos braços de uma mulher, ao meu lado, brotava, contínuo, um gemido débil. Envolvido em trapos, Noel gemia. Tinha febre; um mal tinha entrado pela orelha e tomado a cabeça.

Para lá dos campos amarelos de soja, se estendia um vasto espaço de cinzas e tocos de árvores cortadas e carbonizadas. Logo tornariam a se erguer, por trás desses desertos, as espessas colunas de fumaça das fogueiras que abriam caminho em direção ao fundo da mata invicta, onde floresciam, porque era época, as campainhas avermelhadas dos *lapachos*. Esperando, esperando, adormeci.

Me despertou, muito depois, a agitação das pessoas que gritavam e erguiam pacotes, sacos e panelas.

O caminhão, vermelho de barro seco, tinha chegado. Eu estava estendendo os braços quando escutei, ao meu lado, a voz da mulher:

– Me ajude a subir.

Olhei para ela, olhei para o menino.

– Noel não se queixa mais – disse.

Ela inclinou a cabeça suavemente e depois continuou com a vista sem expressão, cravada nos altos arvoredos onde se rompiam as últimas luzes da tarde.

Noel tinha a pele transparente, cor de sebo de vela; a mãe já tinha fechado seus olhos. De repente, senti que minhas tripas se retorciam e senti a necessidade cega de dar uma porrada na cara de Deus ou de alguém.

– Culpa da chuva – murmurou ela. – A chuva, que fecha os caminhos.

Mais que a tristeza, era o medo que apagava sua voz. Qualquer motorista sabe que dá azar atravessar a selva com um morto.

Subimos na carroceria. Os contrabandistas, os peões do mato, os camponeses celebravam com cachaça a aparição do caminhão. Alguns cantavam. O caminhão partiu e todos ficaram em silêncio depois dos primeiros trancos.

– E agora, por que você continua?

Foi a primeira vez que olhou para mim. Parecia assombrada.

– Aonde?

– Isso leva a gente para Corpus Christi.

– Para lá é que eu vou. Vou até Corpus rezar para que chegue o padre. O padre tem que fazer o batismo. Noel não está batizado e eu vou esperar até que chegue o padre com as águas sagradas.

A viagem se fez longa. Íamos aos trancos pela picada aberta na selva. Já era noite fechada e por aquela comarca também vagavam, disfarçadas em bichos espantosos, as almas penadas.

A CULTURA DO TERROR/1

Sobre uma menina exemplar:
Uma menina brinca com duas bonecas e briga com elas para que fiquem quietas. Ela também parece uma boneca porque é linda e boazinha e porque não incomoda ninguém.

(Do livro *Adelante*, de J. H. Figueira, que foi livro escolar no Uruguai até poucos anos atrás.)

A CULTURA DO TERROR/2

Ramona Caraballo foi dada de presente assim que aprendeu a caminhar.

Lá por 1950, sendo ainda menina, ela estava como escravazinha numa casa de Montevidéu. Fazia de tudo, a troco de nada.

Um dia, a avó chegou para visitá-la. Ramona não a conhecia, ou não se lembrava dela. A avó chegou vinda do interior, do campo, muito apressada porque tinha que regressar em seguida. Entrou, deu uma tremenda surra na neta, e foi embora.

Ramona ficou chorando e sangrando.

A avó tinha dito, enquanto erguia o rebenque:

– *Você não está apanhando por causa do que fez. Está apanhando por causa do que vai fazer.*

A CULTURA DO TERROR/3

Pedro Algorta, advogado, mostrou-me o gordo expediente do assassinato de duas mulheres. O crime duplo tinha sido à faca, no final de 1982, num subúrbio de Montevidéu.

A acusada, Alma Di Agosto, tinha confessado. Estava presa fazia mais de um ano; e parecia condenada a apodrecer no cárcere o resto da vida.

Seguindo o costume, os policiais tinham violado e torturado a mulher. Depois de um mês de contínuas surras, tinham arrancado de Alma várias confissões. As confissões não eram muito parecidas entre si, como se ela tivesse cometido o mesmo assassinato de maneiras muito diferentes. Em cada confissão havia personagens diferentes, pitorescos fantasmas sem nome ou domicílio, porque a máquina de dar choques converte qualquer um em fecundo romancista; e em todos os casos a autora demonstrava ter a agilidade de uma atleta olímpica, os músculos de uma forçuda de parque de diversões e a destreza de uma matadora profissional. Mas o que mais surpreendia era a riqueza de detalhes: em cada confissão, a acusada descrevia com precisão milimétrica roupas, gestos, cenários, situações, objetos...

Alma Di Agosto era cega.

Seus vizinhos, que a conheciam e gostavam dela, estavam convencidos de que ela era culpada:

– *Por quê?* – perguntou o advogado.
– *Porque os jornais dizem.*

– *Mas os jornais mentem* – disse o advogado.
– *Mas o rádio também diz* – explicaram os vizinhos.
– *E a televisão!*

A TELEVISÃO

Rosa Maria Mateo, uma das figuras mais populares da televisão espanhola, me contou esta história.

Uma mulher tinha escrito uma carta para ela, de algum lugarzinho perdido, pedindo que por favor contasse a verdade:

– *Quando eu olho para a senhora, a senhora está olhando para mim?*

Rosa Maria me contou, e disse que não sabia o que responder.

A CULTURA DO TERROR/4

A extorsão,
o insulto,
a ameaça,
o cascudo,
a bofetada,
a surra,
o açoite,
o quarto escuro,
a ducha gelada,
o jejum obrigatório,
a comida obrigatória,
a proibição de sair,
a proibição de se dizer o que se pensa,
a proibição de fazer o que se sente,
e a humilhação pública
são alguns dos métodos de penitência e tortura tradicionais na vida da família. Para castigo à desobediência e exemplo de liberdade, a tradição familiar perpetua uma cultura do terror que humilha a mulher, ensina os filhos a mentir e contagia tudo com a peste do medo.

– *Os direitos humanos deveriam começar em casa* – comenta comigo, no Chile, Andrés Domínguez.

O PRESENTE

A sombra das velas se alonga sobre o mar. Sargaços e medusas derivam, empurrados pela ondas, até a costa da ilha de Santa Cruz.

Do castelo de popa de uma das caravelas, Colombo contempla as brancas praias onde plantou, uma vez mais, a cruz e a forca. Esta é sua segunda viagem. Quanto durará, não sabe; mas seu coração diz que tudo sairá bem, e como não vai acreditar no coração o Almirante? Será que ele não tem por costume medir a velocidade dos navios com a mão contra o peito, contando as batidas?

Debaixo da coberta de outra caravela, no camarote do capitão, uma moça mostra os dentes. Miquele de Cuneo busca os peitos dela, e ela o arranha e chuta, e uiva. Miquele recebeu-a há uns instantes. É um presente de Colombo.

Açoita-a com uma corda. Bate firme na cabeça e no ventre e nas pernas. Os uivos fazem-se gritos; os gritos, gemidos. Finalmente, escuta-se o ir e vir das gaivotas e o ranger da madeira que balança. De vez em quando uma garoa de ondas entra pela escotilha.

Miquele deita sobre o corpo ensanguentado e se remexe, arfa e força. O ar cheira a breu, a salitre, a suor. E então a moça, que parecia desmaiada ou morta, crava subitamente as unhas nas costas de Miquele, se enrosca em suas pernas e o faz rodar em um abraço feroz.

Muito depois, quando Miquele desperta, não sabe onde está nem o que aconteceu. Se desprende dela, lívido, e a afasta com um empurrão.

Zanzando, sobe à coberta. Aspira fundo a brisa do mar, com a boca aberta. E diz em voz alta, como se comprovasse:

– Estas índias são todas putas.

O espelho

O sol do meio-dia arranca fumaça das pedras e relâmpagos dos metais. Alvoroço no porto: os galeões trouxeram de Sevilha a artilharia pesada para a fortaleza de São Domingos.

O prefeito, Fernández de Oviedo, dirige o transporte de colubrinas e canhões. A golpe de chibata, os negros arrastam a carga a todo vapor. Rangem os carros, sufocados pelo peso dos ferros e bronzes, e através do torvelinho outros escravos vão e vêm jogando caldeirões de água contra o fogo que brota dos eixos aquecidos.

Em meio da zoeira e da gritaria, uma moça índia anda em busca de seu amo. Tem a pele coberta de bolhas. Cada passo é um triunfo e a pouca roupa que usa atormenta sua pele queimada. Durante a noite e meio dia, esta moça suportou, de alarido em alarido, os ardores do ácido. Ela mesma assou as raízes de *guao* e esfregou-as entre as mãos até convertê-las em pasta. Untou-se inteira de *guao*, da raiz dos cabelos até os dedos dos pés, porque o *guao* abrasa a pele e limpa a cor, e assim transforma as índias e negras em brancas damas de Castilha.

– Me reconhece, senhor?

Oviedo afasta-a com um empurrão; mas a moça insiste, com seu fio de voz, agarrada ao amo como sombra, enquanto Oviedo corre gritando ordens aos capatazes.

– Sabe quem sou?

A moça cai no chão e do chão continua perguntando:
– Senhor, senhor, não sabe quem sou?

Inês

Há poucos meses, Pedro de Valdívia descobriu este monte e este vale. Os araucanos, que tinham feito a mesma descoberta alguns milhares de anos antes, chamavam o monte de Huelén, que significa dor. Valdívia batizou-o de Santa Luzia.

Da crista do morro, Valdívia viu a terra verde entre os braços do rio e decidiu que não existia no mundo melhor lugar para oferecer uma cidade ao apóstolo Santiago, que acompanha os conquistadores e luta por eles.

Cortou os ares sua espada, nos quatro rumos da rosa dos ventos, e assim nasceu Santiago do Novo Extremo. Assim cumpre, agora, seu primeiro verão: umas poucas casas de barro e madeira, com telhado de palha, a praça ao centro, a paliçada ao redor.

Apenas cinquenta homens ficaram em Santiago. Valdívia anda com os outros pelas ribeiras do rio Cachapoal.

Ao despontar do dia, a sentinela dá o grito de alarma do alto da paliçada. Pelos quatro cantos aparecem os esquadrões indígenas.

Os espanhóis escutam os alaridos de guerra e em seguida cai em cima deles um vendaval de flechas.

Ao meio-dia, algumas casas são pura cinza e a paliçada caiu. Luta-se na praça, corpo a corpo.

Inês corre então até a choça onde funciona a prisão. O guardião vigia, ali, os sete chefes araucanos que os espanhóis tinham prendido tempos atrás. Ela sugere, suplica, ordena que lhes cortem as cabeças.

– Como?
– As cabeças!
– Como?
– Assim!

Inês agarra uma espada e as sete cabeças voam pelos ares.

A batalha muda de direção. As cabeças convertem os sitiados em perseguidores. Na acometida, os espanhóis não invocam o apóstolo Santiago, mas Nossa Senhora do Socorro.

Inês Suárez, a malaguenha, tinha sido a primeira a acudir quando Valdívia alçou a bandeira de alistamento em sua casa em Cuzco. Veio a estas terras do sul à cabeça das hostes invasoras, cavalgando ao lado de Valdívia, espada de aço bom e cota de fina malha, e desde então junto a Valdívia marcha, luta e dorme. Hoje, ocupou seu lugar.

É a única mulher entre os homens. Eles dizem: "É um macho", e a comparam com Roldão e com El Cid, enquanto ela esfrega azeite sobre os dedos do capitão Francisco de Aguirre, que ficaram presos no punho da espada, e não existe maneira de abri-los, embora a guerra, por enquanto, tenha terminado.

Beatriz

Pedro de Alvarado tinha casado com Francisca, mas Francisca caiu fulminada pela água de flor de laranjeira que bebeu no caminho a Veracruz. Então, casou com Beatriz, a irmã de Francisca.

Beatriz estava esperando por ele na Guatemala quando soube, há dois meses, que era viúva. Cobriu sua casa de negro por dentro e por fora e pregou portas e janelas para fartar-se de chorar sem que ninguém visse.

Chorou olhando no espelho seu corpo nu, que tinha ficado seco de tanto esperar e já não tinha nada para esperar, corpo que não cantava, boca que só era capaz de dizer:

– Estás aí?

Chorou por esta casa que odeia e por esta terra que não é a sua e pelos anos gastos entre esta casa e a igreja, da missa à mesa e do batismo ao enterro, rodeada de soldados bêbados e de servas indígenas que lhe provocam asco. Chorou pela comida que lhe faz mal e por aquele que não vinha nunca, porque sempre havia alguma guerra para guerrear ou terra para conquistar. Chorou por tudo que tinha chorado em sua cama sem ninguém, quando dava um salto cada vez que latia um cão ou cantava um galo e sozinha aprendia a ler a escuridão e escutar o silêncio e a desenhar no ar. Chorou e chorou, partida por dentro.

Quando por fim saiu do claustro, anunciou:
– Eu sou a governadora da Guatemala.

Pouco pôde governar.

O vulcão está vomitando uma catarata de água e pedras que afoga a cidade e mata tudo o que toca. O dilúvio vai avançando até a casa de Beatriz, enquanto ela corre ao oratório, sobe no altar e se abraça à Virgem. Suas onze criadas se abraçam às suas pernas e se abraçam entre si, e Beatriz grita:

– Estás aí?

A tromba arrasa a cidade que Alvarado fundou, e enquanto o rugido cresce Beatriz continua gritando:

– Estás aí?

As amazonas

Não tinha jeito ruim a batalha, hoje, dia de São João. Dos bergantins, os homens de Francisco de Orellana estavam esvaziando de inimigos, com rajadas de arcabuz e de balestra, as brancas canoas vindas da costa.

Mas, aí, a bruxa deu as caras. Apareceram as mulheres guerreiras, tão belas e ferozes que eram um escândalo, e então as canoas cobriram o rio e os navios saíram correndo, rio acima, como porcos-espinhos assustados, eriçados de flechas de proa a popa e até no mastro-mor.

As capitãs lutaram rindo. Se puseram à frente dos homens, fêmeas garbosas, e já não houve medo na aldeia de Conlapayara. Lutaram rindo e dançando e cantando, as tetas vibrantes ao ar, até que os espanhóis se perderam para lá da boca do rio Tapajós, exaustos de tanto esforço e assombro.

Tinham ouvido falar destas mulheres, e agora acreditam. Elas vivem ao sul, em senhorios sem homens, onde afogam os filhos que nascem varões. Quando o corpo pede, dão guerra às tribos da costa e conseguem prisioneiros. Os devolvem na manhã seguinte. Ao cabo de uma noite de amor, o que chegou rapaz regressa velho.

Orellana e seus soldados continuarão percorrendo o rio mais caudaloso do mundo e sairão ao mar sem piloto, nem bússola, nem carta de navegação. Viajam nos bergantins que eles construíram ou inventaram a golpes de machado, em plena selva, fazendo pregos e bisagras com as ferraduras dos cavalos mortos e soprando o carvão com botinas convertidas em foles. Deixam-se ir sem rumo pelo rio das Amazonas, costeando a selva, sem energias para o remo, e vão murmurando orações: rogam a Deus que sejam machos, por mais machos que possam ser, os próximos inimigos.

Mundo pouco

O amo de Fabiana Crioula morreu em 1618, em Lima. Em seu testamento, rebaixou-lhe o preço da liberdade, de duzentos a cento e cinquenta pesos.

Fabiana passou toda a noite sem dormir, perguntando-se quanto valeria a sua caixa de madeira cheia de canela em pó. Ela não sabe somar, de modo que não pode calcular as liberdades que comprou, com seu trabalho, ao longo do meio século que leva no mundo, nem o preço dos filhos que fizeram nela e depois arrancaram dela.

Nem bem desponta a alvorada, acode o pássaro a bater na janela com o bico. Cada dia, o mesmo pássaro avisa que é hora de despertar e andar.

Fabiana boceja, senta na esteira e olha os pés gastos.

Maria

– Cada dia tenho mais problemas e menos marido! – suspira Maria del Castillo. Aos seus pés, o tramoísta, o apontador e a primeira atriz oferecem consolos e brisas de seu leque.

No turvo crepúsculo, os guardas da Inquisição arrancaram Juan dos braços de Maria e atiraram-no ao cárcere porque línguas envenenadas dizem que ele disse, enquanto escutava o evangelho:

– *Eia! Que não tem outra coisa que viver e morrer!*

Poucas horas antes, na praça da matriz e pelas quatro ruas que dão esquina aos mercadores, o negro Lázaro tinha apregoado as novas ordens do vice-rei de Lima sobre os teatros de comédias.

Manda o vice-rei, conde de Chinchón, que uma parede de pau a pique separe as mulheres dos homens no teatro, sob pena de cárcere e multa a quem invada o território do outro sexo. Também dispõe que acabem as comédias mais cedo, ao repicarem os sinos de oração, e que entrem e saiam homens e mulheres por portas diferentes, para que não continuem as graves ofensas contra Deus Nosso Senhor na escuridão dos becos. E se isso fosse pouco, o vice-rei decidiu que baixem os preços das entradas.

– Nunca me terá! – clama Maria. – Por muita guerra que me declare, nunca me terá!

Maria del Castillo, grande chefe dos cômicos de Lima, leva intactos o ar e a beleza que a fizeram célebre, e aos sessenta longos anos ainda ri das *tapadas*, que com um xale cobrem um olho: como ela tem belos os dois, a cara descoberta olha, seduz e assusta. Era quase menina quando escolheu este ofício de maga; e faz meio século que enfeitiça multidões nos palcos de Lima. Mesmo que queira, explica, já não poderia mudar o teatro pelo convento, pois não gostaria Deus de tê-la como esposa, depois de três matrimônios tão desfrutados.

Por muito que agora os inquisidores a deixem sem marido e que os decretos do governo pretendam espantar seu público, Maria jura que não entrará na cama do vice-rei:

– Nunca, nunca!

Contra o vento e as marés, sozinha e solitária, ela continuará oferecendo obras de capa e espada em seu teatro de comédias, atrás do mosteiro de Santo Agostinho. Daqui a pouco reporá *A Monja Alferez*, do notável engenho peninsular Juan Pérez de Montalbán, e estreará um par de obras bem apimentadas, para que todos dancem e cantem e tremam de emoção nesta cidade onde nunca acontece nada, tão chata que morrem todos bocejando.

Mariana

1645, ano de catástrofes para a cidade. Uma fita negra balança em cada porta. Os invisíveis exércitos do sarampo e da difteria invadiram e estão arrasando. A noite caiu em seguida do amanhecer e o vulcão Pichincha, o rei da neve, explodiu: um grande vômito de lava e fogo caiu sobre os campos e um furacão de cinzas varreu a cidade.

– Pecadores, pecadores!

Como o vulcão, o padre Alonso de Roias jorra chamas pela boca. Do púlpito brilhante da igreja dos jesuítas, igreja de ouro, o padre Alonso golpeia o próprio peito, que soa enquanto chora, grita, clama:

– Aceita, Senhor, o sacrifício do mais humilde de teus servos! Que meu sangue e minha carne expiem os pecados de Quito!

Então uma moça se levanta aos pés do púlpito e serenamente diz:

– Eu.

Frente à multidão que lota a igreja, Mariana anuncia que é ela a escolhida. Ela acalmará a cólera de Deus. Ela será castigada por todos os castigos que a cidade merece.

Mariana jamais fez de conta que era feliz nem sonhou que era feliz, nem dormiu nunca mais do que quatro horas. A única vez que um homem roçou sua mão, ele ficou doente, com febre, durante uma semana. Desde que era menina decidiu ser a esposa de Deus e não lhe dá seu amor em um convento, e sim nas ruas e nos campos: não bordando nem fazendo doces e geleias na paz dos claustros, mas rezando de joelhos sobre os espinhos e as pedras e buscando pão para os pobres, remédio para os doentes e luz para os anoitecidos que ignoram a lei divina.

Às vezes, Mariana sente-se chamada pelo rumor da chuva ou o crepitar do fogo, mas sempre soa mais forte o trovão de Deus: esse Deus da ira, barba de serpentes, olhos de raio, que em sonhos aparece nu para colocá-la à prova.

Mariana regressa à sua casa, estende-se na cama e se dispõe a morrer no lugar de todos. Ela paga o perdão. Oferece a Deus sua carne para que coma e seu sangue e suas lágrimas para que beba até ficar tonto e esquecer.

Assim cessarão as pragas, se acalmará o vulcão e a terra deixará de tremer.

JUANA AOS QUATRO ANOS

Anda Juana e dá-lhe conversa com a alma, que é tua companheira de dentro, enquanto caminha pela beira da calçada, na pequena cidade de San Miguel de Nepantla. Ela sente-se muito feliz porque tem soluço, e Juana cresce quando tem soluço. Para e olha a sombra, que cresce com ela, e com um galho vai medindo depois de cada pulinho de sua barriga. Também os vulcões cresciam com o soluço, antes, quando estavam vivos, antes de que os queimasse o seu próprio fogo. Dois dos vulcões ainda fumegam, mas já não têm soluço. Já não crescem. Juana tem soluço e cresce. Cresce.

Chorar, em compensação, encolhe. Por isso têm tamanho de barata as velhinhas e as carpideiras dos enterros. Isto não dizem os livros do avô, que Juana lê, mas ela sabe. São coisas que sabe, de tanto conversar com a alma. Também com as nuvens conversa Juana. Para conversar com as nuvens é preciso subir nas montanhas ou nos galhos mais altos das árvores.

– Eu sou nuvem. Nós, nuvens, temos caras e mãos. Pés, não.

Juana aos sete anos

Pelo espelho vê entrar a mãe e solta a espada, que cai com o rumor de um canhão, e dá Juana tamanho pulo que toda a sua cara fica metida debaixo do chapéu de abas imensas.

– Não estou brincando – zanga ante o riso de sua mãe. Livra-se do chapéu e aparecem os bigodões de carvão. Mal navegam as perninhas de Juana nas enormes botas de couro; tropeça e cai no chão e chuta, humilhada, furiosa; a mãe não para de rir.

– Não estou brincando! – protesta Juana, com água nos olhos. – Eu sou homem! Eu irei à universidade, porque sou homem!

A mãe acaricia sua cabeça:

– Minha filha louca, minha bela Juana. Deveria açoitar-te por estas indecências.

Senta-se ao seu lado e docemente diz: "Mais te valia ter nascido tonta, minha pobre filha sabichona", e a acaricia enquanto Juana empapa de lágrimas a enorme capa do avô.

Um sonho de Juana

Ela perambula pelo mercado de sonhos. As vendedoras estenderam sonhos sobre grandes panos no chão.

Chega ao mercado o avô de Juana, muito triste porque faz muito tempo que não sonha. Juana o leva pela mão e ajuda-o a escolher sonhos, sonhos de marzipã ou algodão, asas para voar dormindo, e vão-se embora os dois tão carregados de sonhos que não haverá bastante noite.

Juana aos dezesseis

Nos navios, o sino marca os quartos de hora da vigília marinheira. Nas grutas e nos canaviais, empurra para o trabalho os índios e os escravos negros. Nas igrejas dá a hora e anuncia missas, mortes e festas.

Mas na torre do relógio, sobre o palácio do vice-rei do México, há um sino mudo. Segundo contam, os inquisidores o tiraram do campanário de uma velha aldeia espanhola, arrancaram seu badalo e o desterraram para as Índias, já não se sabe há quantos anos. Desde que mestre Rodrigo o criou em 1530, este sino tinha sido sempre claro e obediente. Tinha, dizem, trezentas vozes, segundo o toque ditado pelo sineiro, e todo mundo estava orgulhoso dele. Até que uma noite seu longo e violento repicar fez todo mundo saltar da cama. Tocava solto o sino, desatado pelo alarma ou a alegria ou sabe-se lá por quê, e pela primeira vez ninguém entendeu o sino. Juntou-se uma multidão no átrio enquanto o sino tocava sem parar, enlouquecido, e o alcaide e o padre subiram na torre e comprovaram, gelados de espanto, que ali não havia ninguém. Nenhuma mão humana o movia. As autoridades acudiram à Inquisição. O tribunal do Santo Ofício declarou nulo e sem nenhum valor o repicar deste sino, que foi calado para sempre e expulso para o exílio no México.

Juana Inês de Asbaje abandona o palácio de seu protetor, o vice-rei Mancera, e atravessa a praça principal seguida por dois índios que carregam seus baús. Ao chegar à esquina, para e olha a torre, como se tivesse sido chamada pelo sino sem voz. Ela conhece sua história. Sabe que foi castigado por cantar por conta própria.

Juana caminha rumo ao convento de Santa Teresa a Antiga. Já não será dama de corte. Na serena luz do claustro e na solidão de sua cela, buscará o que não pôde encontrar lá fora. Quisera estudar na universidade os mistérios do mundo, mas as mulheres nascem condenadas ao quarto de bordar e ao marido que as escolhe. Juana Inês de Asbaje será carmelita descalça, e se chamará Sor Juana Inês de la Cruz.

Juana aos trinta

Depois de rezar as matinas e as laudes, põe um pião dançando em cima de farinha e estuda os círculos que ele desenha. Investiga a água e a luz, o ar e as coisas. Por que o ovo se une no óleo fervente e se despedaça em calda de açúcar? Em triângulos de alfinetes, busca o anel de Salomão. Com um olho grudado no telescópio, caça estrelas.

Ameaçaram-na com a Inquisição e lhe proibiram de abrir os livros, mas Sor Juana Inês de la Cruz estuda *nas coisas que Deus criou, servindo-me elas de letras e de livro, toda esta máquina universal.*

Entre o amor divino e o amor humano, entre os quinze mistérios do rosário pendurado em seu pescoço e os enigmas do mundo se debate Sor Juana; e muitas noites passa em branco, orando, escrevendo, quando recomeça em seu interior a guerra infinita entre a paixão e a razão. No final de cada batalha, a primeira luz do dia entra em sua cela no convento das jerônimas e ajuda Sor Juana a recordar o que disse Lupercio Leonardo, aquela frase que diz que bem se pode filosofar e temperar a ceia. Ela cria poemas na mesa e no forno, massas folhadas; letras e delícias para dar de presente, músicas da harpa de David curando Saul e curando também David, alegrias da alma e da boca condenadas pelos advogados da dor.

– Só o sofrimento te fará digna de Deus – diz-lhe o confessor, que ordena que ela queime o que escreve, ignore o que sabe e não veja o que olhe.

Juana aos quarenta e dois

Lágrimas da vida inteira, brotadas do tempo e da pena, empapam a sua cara. No fundo, no triste, vê nublado o mundo. Derrotada, diz adeus.

Vários dias durou a confissão dos pecados de toda a sua existência frente ao impassível, implacável padre Antonio Núfiez de Miranda, e todo o resto será penitência. Com tinta de seu sangue escreve uma carta ao Tribunal Divino, pedindo perdão.

Já não navegarão *suas velas leves e suas quilhas graves* pelo mar da poesia. Sor Juana Inês de la Cruz abandona os estudos humanos e renuncia às letras. Pede a Deus que lhe dê como presente o esquecimento e escolhe o silêncio, aceita-o, e assim perde a América a sua melhor poetisa.

Pouco sobreviverá o corpo a este suicídio da alma. *Que se envergonha a vida de durar-me tanto...*

Cláudia

Com a mão movia as nuvens e desatava ou afastava tormentas. Em um piscar de olhos trazia gente de terras longínquas e também da morte. A um corregedor das minas de Porco mostrou Madrid, sua pátria, em um espelho; e a dom Pedro de Ayamonte, que era de Utrera, serviu na mesa tortas recém-feitas em um forno de lá. Fazia brotar jardins nos desertos e convertia em virgens as amantes mais sabidas. Salvava os perseguidos que buscavam refúgio em sua casa transformando-os em cães ou gatos. Ao mau tempo, boa cara, dizia, e contra a fome, violeiros: tangia a viola e agitava a pandeireta e assim ressuscitava os tristes e os mortos. Podia dar a palavra aos mudos e tomá-la dos charlatões. Fazia o amor à intempérie, com um demônio muito negro, em pleno campo. A partir da meia-noite, voava.

Tinha nascido em Tucumán e morreu, esta manhã de 1674, em Potosí. Em agonia chamou um padre jesuíta e lhe disse que tirasse de uma gavetinha certas figuras de cera e tirasse os alfinetes que tinha pregado, pois assim se curariam cinco padres que ela tinha adoecido.

O sacerdote ofereceu-lhe confissão e misericórdia divina, mas ela deu risada e rindo morreu.

As bruxas de Salem

– Cristo sabe quantos demônios há aqui! – ruge o reverendo Samuel Parris, pastor da vila de Salem, e fala de Judas, o demônio sentado à mesa do Senhor, que se vendeu por 30 dinheiros, 3,15 em libras inglesas, irrisório preço de uma escrava.

Na guerra dos cordeiros contra os dragões, clama o pastor, não há neutralidade possível nem refúgio seguro. Os demônios meteram-se em sua própria casa: uma filha e uma sobrinha do reverendo Parris foram as primeiras atormentadas pelo exército de diabos que tomou de assalto esta puritana vila. As meninas acariciaram uma bola de cristal, querendo ver a sorte, e viram a morte. Desde que isso aconteceu, são muitas as jovenzinhas de Salem que sentem o inferno no corpo: a maligna febre as queima por dentro e se revolvem e se retorcem, rodam pelo chão espumando e uivando blasfêmias e obscenidades que o Diabo lhes dita.

O médico, William Griggs, diagnostica o malefício. Oferecem a um cão um bolo de farinha de centeio misturada com urina das possuídas, mas o cão come, mexe o rabo, agradecido, e vai embora para dormir em paz. O Diabo prefere a moradia humana.

Entre convulsão e convulsão, as vítimas acusam.

São mulheres, e mulheres pobres, as primeiras condenadas à forca. Duas brancas e uma negra: Sarah Osborne, uma velha prostrada que há anos chamou aos gritos seu servente irlandês, que dormia no estábulo, e abriu-lhe um lugarzinho na cama; Sarah Good, uma mendiga turbulenta, que fuma cachimbo e responde resmungando às esmolas; e Tituba, escrava negra das Antilhas, apaixonada por um demônio todo peludo e de nariz comprido. A filha de Sarah Good, jovem bruxa de quatro anos de idade, está presa no cárcere de Boston, com grilhões nos pés.

Mas não cessam os gemidos de agonia das jovenzinhas de Salem e se multiplicam as acusações e condenações. A caçada de bruxas sobe da suburbana Salem Village ao centro de Salem Town, da vila ao porto, dos malditos aos poderosos: nem a esposa do governador se salva do dedo que aponta culpados. Balançam na forca prósperos granjeiros e mercadores, donos de barcos que comerciam com Londres, privilegiados membros da Igreja que desfrutavam do direito à comunhão.

Anuncia-se uma chuva de enxofre sobre Salem Town, o segundo porto de Massachusetts, onde o Diabo, trabalhador como nunca, anda prometendo aos puritanos cidades de ouro e sapatos franceses.

Virgem negra, deusa negra

Ao cais de Regla, parente pobre de La Habana, chega a Virgem, e chega para ficar. A talha de cedro veio de Madrid, envolta em um saco, nos braços de seu devoto Pedro Aranda. Hoje, 8 de setembro de 1696, está de festa esta aldeola de artesãos e marinheiros, sempre cheirando a mariscos e breu; come o povo manjares de carne e feijão e mandioca, pratos cubanos, pratos africanos, ecó, olelê, ecru, quimbombó, fufú, enquanto rios de rum e terremotos de tambores dão as boas-vindas à Virgem negra, à negrita, padroeira protetora da baía de La Habana.

Cobre-se o mar de cascas de coco e galhos de alfavaca e um vento de vozes canta, enquanto a noite cai:

Opa ulê, opa ulê,
opa, ê, opa ê,
opa, opa, Yemanjá.

A Virgem negra de Regla é também a africana Yemanjá, prateada deusa dos mares, mãe dos peixes e mãe e amante de Xangô, o deus guerreiro mulherengo e brigão.

Elas se calaram

Os holandeses cortam o tendão de Aquiles do escravo que foge pela primeira vez, e quem insiste fica sem a perna direita; mas não há jeito de evitar que se difunda a peste da liberdade no Suriname.

O capitão Molinay desce pelo rio até Paramaribo. Sua expedição volta com duas cabeças. Foi preciso decapitar as prisioneiras, porque já não podiam se mover inteiras através da selva. Uma se chama Flora, a outra Sery. Elas ainda têm os olhos pregados no céu. Não abriram a boca apesar dos açoites, do fogo e das tenazes incandescentes, teimosamente mudas como se não tivessem pronunciado palavra alguma desde o remoto dia em que foram engordadas e untadas de óleo e lhes rasparam os cabelos desenhando-lhes nas cabeças estrelas e meias-luas, para vendê-las no mercado de Paramaribo. Todo o tempo mudas, Flora e Sery, enquanto os soldados lhes perguntavam onde se escondiam os negros fugidos: elas olhavam o céu sem piscar, perseguindo nuvens maciças como montanhas que andavam lá no alto, à deriva.

Elas levam a vida nos cabelos

Por mais negros que crucifiquem ou pendurem em ganchos de ferro que atravessam suas costelas, são incessantes as fugas nas quatrocentas plantações da costa do Suriname. Selva adentro, um leão negro flameja na bandeira amarela dos cimarrões. Na falta de balas, as armas disparam pedrinhas ou botões de osso; mas a floresta impenetrável é o melhor aliado contra os colonos holandeses.

Antes de escapar, as escravas roubam grãos de arroz e de milho, pepitas de trigo, feijão e sementes de abóbora. Suas enormes cabeleiras viram celeiros. Quando chegam nos refúgios abertos na selva, as mulheres sacodem as cabeças e fecundam, assim, a terra livre.

Jacinta

Ela consagra a terra que pisa. Jacinta de Siqueira, africana do Brasil, é a fundadora dessa Vila do Príncipe e das minas de ouro dos barrancos de Quatro Vinténs. Mulher negra, mulher verde, Jacinta se abre e se fecha como planta carnívora engolindo homens e parindo filhos de todas as cores, nesse mundo que ainda não tem mapa. Jacinta avança, rompendo a selva, à cabeça dos facínoras que vêm em lombo de mula, descalços, armados de velhos fuzis, e que, ao entrar na mina, deixam a consciência pendurada em um galho ou enterrada no pântano: Jacinta, nascida em Angola, escrava na Bahia, mãe do ouro de Minas Gerais.

NANNY

Depois de firmar um pacto com Cudjoe, o chefe dos cimarrões de Sotavento, o coronel Guthrie marcha rumo ao oriente da ilha de Jamaica. Alguma misteriosa mão desliza no rum um veneno fulminante e Guthrie cai como chumbo do cavalo.

Uns meses mais tarde, ao pé de uma montanha muito alta, o capitão Adair consegue a paz no oriente de Jamaica. Quao, o chefe dos cimarrões de Barlavento, aceita as condições exibindo espadim e rico chapéu.

Mas nos precipícios do oriente, mais poder que Quao tem Nanny. Os bandos dispersos de Barlavento obedecem a Nanny, assim como a obedecem os esquadrões de mosquitos. Nanny, grande fêmea de barro aceso, amante dos deuses, veste apenas um colar de dentes de soldados ingleses.

Ninguém a vê, todos a veem. Dizem que morreu, mas ela se atira nua, negra rajada, no meio do tiroteio. Agacha-se de costas para o inimigo, e sua bunda magnífica atrai as balas. Às vezes as devolve, multiplicadas, e às vezes as transforma em flocos de algodão.

XICA

Entre as altas rochas vermelhas que mais parecem dragões, ondula a terra rasgada pela mão do homem: a região dos diamantes exala um pó de fogo que avermelha as paredes da cidade do Tijuco. Perto corre um arroio e longe se estendem as montanhas cor de mar ou de cinza. Do leito e dos rincões do arroio saem os diamantes que atravessam as montanhas, navegam do Rio de Janeiro a Lisboa e de Lisboa a Londres, onde são lapidados e multiplicam seu preço várias vezes para depois dar brilho ao mundo inteiro.

Muito diamante escapa de contrabando. Jazem sem sepultura, carniça para urubu, os mineiros clandestinos que foram apanhados, mesmo que o corpo de delito tenha o tamanho do olho de uma pulga; e ao escravo suspeito de engolir o que não deve aplicam violento purgante de pimenta brava.

Todo diamante pertence ao rei de Portugal e a João Fernandes de Oliveira, que aqui reina contratado pelo rei. Ao seu lado, Xica da Silva também se chama Xica que Manda. Ela é mulata, mas usa roupas europeias proibidas para quem tem pele escura e faz alarde indo à missa de liteira, acompanhada por um cortejo de negras enfeitadas como princesas; e, no templo, ocupa o lugar principal. Não há nobre dessas bandas que não baixe o cangaço frente à sua mão cheia de anéis de ouro, e não há quem recuse seus convites para a mansão da serra. Lá, Xica da Silva oferece banquetes e funções de teatro, a estreia de *Os encantos de Medeia* ou qualquer peça da moda, e depois leva os convidados para navegar pelo lago que Oliveira mandou cavar para ela porque ela queria mar e mar não havia. Chega-se ao cais por escadarias douradas, e passeia-se num grande navio tripulado por dez marinheiros.

Xica da Silva usa peruca de cachos brancos. Os cachos cobrem a testa e ocultam a marca feita a ferro, quando ela era escrava.

O primeiro romance escrito na América

Há dez anos, os sinos de Londres foram gastos celebrando as vitórias do Império britânico no mundo. A cidade de Québec tinha caído, depois de intenso bombardeio, e a França tinha perdido seus domínios no Canadá. O jovem general James Wolfe, que comandava o exército inglês, tinha anunciado que esmagaria a *praga canadense;* mas morreu sem ver realizada sua promessa. Dizem as más línguas que Wolfe se media ao despertar e cada dia se achava mais alto, até que uma bala interrompeu seu crescimento.

Em 1769, Frances Brooke publica em Londres um romance, A *história de Emily Montagne,* que mostra os oficiais de Wolfe conquistando corações na terra conquistada a tiros de canhão. A autora, uma inglesa gorducha e simpática, vive e escreve no Canadá. Através de 228 cartas, conta suas impressões e suas experiências na nova colônia britânica e tece alguns romances entre galãs de uniforme e suspirosas jovenzinhas da alta sociedade de Quebec. As bem-educadas paixões conduzem ao matrimônio, depois de uma passagem pela casa da modista, os salões de baile e os piqueniques nas ilhas. As grandiosas cataratas e os sublimes lagos proporcionam o cenário adequado.

A PERRICHOLI

Como toda limenha, Micaela Villegas abre seu decote mas esconde os pés, protegidos por minúsculos sapatos de cetim branco. Como todas elas, adora exibir rubis e safiras até no ventre, embora fossem, e eram, de fantasia.

Filha de mestiço provinciano e pobre, Micaela percorria as lojas dessa cidade pelo simples prazer de olhar ou apalpar sedas de Lyon e veludos de Flandres, e mordia os lábios quando descobria um colar de ouro e brilhantes no pescoço de um gatinho pertencente a uma dama de alta classe.

Micaela abriu caminho no palco e conseguiu ser, enquanto durasse cada função, rainha, ninfa ou deusa. Agora é, além disso, Primeira Cortesã ao longo do dia e da noite. Está rodeada por uma nuvem de escravos negros, suas joias não admitem dúvida e os condes beijam sua mão.

As damas de Lima se vingam chamando-a de Perricholi. Foi como a batizou o vice-rei ao chamá-la *Perra Chola* (Cadela Índia) com sua boca sem dentes. Contam que a amaldiçoou assim, como esconjuro, enquanto a fazia subir pela escadinha para o leito alto, porque ela despertou nele perigosos pânicos e ardores e molhaduras e securas que o devolveram, trêmulo, aos seus anos remotos.

Se ele tivesse nascido mulher

Dos dezesseis irmãos de Benjamin Franklin, Jane é a que mais se parece com ele em talento e força de vontade.

Mas na idade em que Benjamin saiu de casa para abrir seu próprio caminho, Jane casou-se com um seleiro pobre, que a aceitou sem dote, e dez meses depois deu à luz seu primeiro filho. Desde então, durante um quarto de século, Jane teve um filho a cada dois anos. Algumas crianças morreram, e cada morte abriu-lhe um talho no peito. As que viveram exigiram comida, abrigo, instrução e consolo. Jane passou noites a fio ninando os que choravam, lavou montanhas de roupa, banhou montões de crianças, correu do mercado à cozinha, esfregou torres de pratos, ensinou abecedários e ofícios, trabalhou ombro a ombro com o marido na oficina e atendeu os hóspedes cujo aluguel ajudava a encher a panela. Jane foi esposa devota e viúva exemplar; e quando os filhos já estavam crescidos, encarregou-se dos próprios pais, doentes, de suas filhas solteironas e de seus netos desamparados.

Jane jamais conheceu o prazer de se deixar flutuar em um lago, levada à deriva pelo fio de um papagaio, como costuma fazer Benjamin, apesar da idade. Jane nunca teve tempo de pensar, nem se permitiu duvidar. Benjamin continua sendo um amante fervoroso, mas Jane ignora que o sexo possa produzir outra coisa além de filhos.

Benjamin, fundador de uma nação de inventores, é um grande homem de todos os tempos. Jane é uma mulher do seu tempo, igual a quase todas as mulheres de todos os tempos, que cumpriu com seu dever nesta terra e expiou sua parte de culpa na maldição bíblica. Ela fez o possível para não ficar louca e buscou, em vão, um pouco de silêncio.

Seu caso não despertará o interesse dos historiadores.

Micaela

Na guerra dos índios, que fez ranger as montanhas dos Andes com dores de parto, Micaela Bastidas não teve descanso nem consolo. Essa mulher de pescoço de pássaro percorria as terras *arranjando mais gente* e enviava à frente novas hostes e escassos fuzis, a luneta que alguém tinha perdido, folhas de coca e milho verde. Galopavam os cavalos, incessantemente, levando e trazendo através das serras suas ordens, salvo-condutos, relatórios e cartas. Numerosas mensagens enviou a Túpac Amaru, apressando-o a lançar suas tropas sobre Cusco de uma vez por todas, antes que os espanhóis fortalecessem as defesas e se dispersassem, desanimados, os rebeldes. *Chepe*, escrevia, *Chepe, meu muito querido: Bastantes advertências te dei...*

Puxada pelo rabo de um cavalo, entra Micaela na Praça Maior de Cusco, que os índios chamam Praça dos Prantos. Ela vem dentro de um saco de couro, desses que carregam mate do Paraguai. Os cavalos arrastam também, rumo ao cadafalso, Túpac Amaru e Hipólito, o filho dos dois. Outro filho, Fernando, olha.

Sagrada chuva

O menino quer virar a cabeça, mas os soldados o obrigam a olhar. Fernando vê como o verdugo arranca a língua de seu irmão Hipólito e o empurra na escada da forca. O verdugo pendura também dois tios de Fernando e depois o escravo Antônio Oblitas, que tinha pintado o retrato de Túpac Amaru, e o corta a golpes de machado; e Fernando vê. Com correntes nas mãos e grilhões nos pés, entre dois soldados que o obrigam a olhar, Fernando vê o verdugo aplicando o garrote vil em Tomasa Condemaita, mulher do cacique de Acos, cujo batalhão de mulheres tinha dado tremenda tunda no exército espanhol. Então sobe ao tablado Micaela Bastidas e Fernando vê menos. Seus olhos ficam enevoados enquanto o verdugo busca a língua de Micaela, e uma cortina de lágrimas tapa os olhos do menino quando sentam a mãe dele para culminar o suplício: a argola que se aperta não consegue sufocar o pescoço fino e é preciso que *enrolando laços no pescoço, puxando de um e outro lado e dando-lhe chutes no estômago e nos peitos, acabem de matá-la.*

Fernando já não vê nada, já não houve nada, Fernando que há nove anos nasceu de Micaela. Não vê que agora trazem o seu pai, Túpac Amaru, e o amarram às cinchas de quatro cavalos, pelos pés e pelas mãos, a cara para o céu. Os ginetes cravam as esporas rumo aos quatros pontos cardeais, mas Túpac Amaru não se quebra. *Levam-no pelo ar, parece uma aranha;* as esporas rasgam os ventres dos cavalos, que se erguem em duas patas e se arremetem com todas as forças, mas Túpac Amaru não se quebra.

É tempo de longa seca no vale de Cusco. Ao meio-dia em ponto, enquanto lutam os cavalos e Túpac Amaru não se arrebenta, uma violenta catarata cai de repente do céu: tomba a chuva para valer, como se Deus ou o Sol ou alguém tivesse decidido que esse momento bem merece uma chuva dessas que deixam o mundo cego.

As libertadoras

As cidades espanholas do Novo Mundo, nascidas como oferendas a Deus e ao rei, têm um vasto coração de terra pisada. Na Praça Maior estão o cadafalso e a casa de governo, a catedral e o cárcere, o tribunal e o mercado. Perambula o gentio ao redor da forca e da fonte de água; na Praça Maior, praça forte, praça de armas, se cruzam o cavalheiro e o mendigo, o senhor de esporas de prata e o escravo descalço, as beatas que levam a alma à missa e os índios que trazem a *chicha*, aguardente de milho fermentado, em barrigudas vasilhas de barro.

Hoje tem espetáculo na Praça Maior de La Paz. Duas mulheres, caudilhas de levantamentos indígenas, serão sacrificadas. Bartolina Sisa, mulher de Túpac Catari, vem do quartel com uma corda no pescoço, amarrada ao rabo de um cavalo. Gregoria Apaza, irmã de Túpac Catari, vem montada num burrinho. Cada uma leva um pedaço de pau, como se fosse um cetro, na mão direita, e cravada na testa, uma coroa de espinhos. Na frente, os presos varrem o caminho com galhos. Bartolina e Gregoria dão várias voltas na praça, sofrendo em silêncio as pedradas e as risadas dos que caçoam delas por serem rainhas de índios, até que chega a hora da forca. Suas cabeças e suas mãos, manda a sentença, serão exibidas pelas aldeias da região.

O sol, o velho sol, também assiste à cerimônia.

A Virgem de Guadalupe contra
a virgem dos remédios

Abrindo caminho entre cortinas de pó, a multidão atravessa a aldeia de Atotonilco.

– *Viva a América e morra o mau governo!*

1810: o padre Miguel Hidalgo arranca da igreja a imagem da Virgem de Guadalupe e amarra o manto na lança. O estandarte fulgura sobre a multidão.

– *Viva Nossa Senhora de Guadalupe! Morram os* gachupines!

Fervor da revolução, paixão da religião; os sinos repicam na igreja de Dolores, o padre Hidalgo chama para a luta e a Virgem mexicana de Guadalupe declara guerra à Virgem espanhola dos Remédios. A Virgem índia desafia a Virgem branca; a que escolheu um índio pobre na colina de Tepeyac marcha contra a que salvou Hernán Cortez da fuga de Tenochtitlán. Nossa Senhora dos Remédios será vestida de generala e o pelotão de fuzilamento crivará de balas o estandarte da Virgem de Guadalupe, por ordem do vice-rei.

Mãe, rainha e deusa dos mexicanos, a Virgem de Guadalupe se chamava Tonantzin, entre os astecas, antes que o arcanjo Gabriel pintasse sua imagem no santuário de Tepeyac. Ano após ano acode o povo a Tepeyac, em procissão, *Ave Virgem e prenhe, Ave donzela parida,* sobe de joelhos até a rocha onde ela apareceu e a gruta de onde brotaram rosas, *Ave de Deus possuída, Ave de Deus mais amada,* bebe água de suas fontes, *Ave que a Deus fazes ninho*, e suplica amor e milagres, proteção, consolo, *Ave Maria, Ave, Ave.*

Agora a Virgem de Guadalupe avança matando pela independência do México.

Maria, terra-mãe

Nas igrejas dessas comarcas volta e meia aparece a Virgem coroada de penas ou protegida por um guarda-sol, como princesa inca, e Deus aparece em forma de sol, entre macacos que sustentam colunas e molduras que oferecem frutas, peixes e aves do trópico.

Uma tela sem assinatura mostra a Virgem Maria no morro de prata de Potosí, entre o sol e a lua. Num lado está o papa de Roma e noutro, o rei da Espanha. Mas Maria não está em cima do morro, e sim *dentro* dele. Ela é o morro, um morro com cara de mulher e mãos de oferenda, Maria-morro, Maria-pedra, fecundada por Deus como o sol fecunda a terra.

A PACHAMAMA

No planalto andino, *mama é* a Virgem e *mama é* a terra e o tempo.

Fica zangada a terra, a mãe terra, a *Pachamama*, se alguém bebe sem lhe oferecer. Quando ela sente muita sede, quebra a botija e derrama o que está lá dentro.

A ela se oferece a placenta do recém-nascido, enterrando-a entre as flores, para que a criança viva; e para que o amor viva, os amantes enterram cachos de cabelos.

A deusa terra recolhe nos braços os cansados e os maltrapilhos que dela brotaram, e se abre para lhes dar refúgio no fim da viagem. Lá embaixo da terra, os mortos florescem.

Sereias

Na porta principal da catedral de Puno, Simón de Astro entalhará na pedra duas sereias.

Embora as sereias simbolizem o pecado, o artista não esculpirá monstros. O artista criará duas formosas moças índias que alegremente tocarão o *charango*, e amarão sem sombra de culpa. Elas serão as sereias andinas, Quesintuu e Umantuu, que em tempos antigos brotaram das águas do lago Titicaca para fazer amor com o deus Tunupa, deus aimará do fogo e do raio, que ao passar deixou uma fieira de vulcões.

CRÔNICAS DA CIDADE, A PARTIR DA POLTRONA DO BARBEIRO

Nenhuma brisa faz tilintar a bacia de latão pendurada em um arame, sobre o oco da porta, anunciando que aqui se fazem barbas, arrancam-se dentes e aplicam-se ventosas.

Por mero hábito, ou para sacudir-se da sonolência do verão, o barbeiro andaluz discursa e canta enquanto acaba de cobrir de espuma a cara de um cliente. Entre frases e bulícios, sussurra a navalha. Um olho do barbeiro vigia a navalha, que abre caminho no creme, e outro vigia os montevideanos que abrem caminho pela rua poeirenta. Mais afiada é a língua que a navalha, e não há quem se salve das esfoladuras. O cliente, prisioneiro do barbeiro enquanto dura a função, mudo, imóvel, escuta a crônica de costumes e acontecimentos e de vez em quando tenta seguir, com o rabo do olho, as vítimas fugazes.

Passa um par de bois, levando uma morta para o cemitério. Atrás da carreta, um monge desfia o rosário. À barbearia chegam os sons de algum sino que, por rotina, despede a defunta de terceira classe. A navalha para no ar. O barbeiro faz o sinal da cruz e de sua boca saem palavras sem desolação:

– Coitadinha. Nunca foi feliz.

O cadáver de Rosalia Villagrán está atravessando a cidade de Montevidéu, ocupada pelos inimigos de Artigas. Há muito que ela acreditava que era outra, e achava que vivia em outro tempo e em outro mundo, e no hospital de caridade beijava as paredes e discutia com as pombas. Rosalia Villagrán, esposa de Artigas, entrou na morte sem uma moeda que lhe pagasse o ataúde.

Manuela

Em Potosí, em 1825, Bolívar sobe ao topo do morro de prata. Fala Bolívar, falará a História: *Esta montanha cujo seio é o assombro e a inveja do Universo...* Ao vento as bandeiras das novas pátrias e os sinos de todas as igrejas. *Eu estimo em nada esta opulência quando a comparo...* Mil léguas abraçam os braços de Bolívar. Os vales multiplicam as salvas dos canhões e o eco das palavras: *...com a glória de ter trazido vitorioso o estandarte da liberdade lá das ardentes e distantes praias...* Falará a História do prócer na altura. Nada dirá das mil rugas na cara desse homem, ainda não usada pelos anos mas talhada fundo pelos amores e pelas dores. A História não se ocupará dos potros que galopam em seu peito enquanto abraça a terra como se fosse mulher, lá dos céus de Potosí. A terra como se fosse *essa* mulher: a que afia as espadas dele, e com um só olhar o despe e perdoa. A que sabe escutá-lo por baixo do trovão dos canhões e os discursos e as ovações, quando ele anuncia: *Tu estarás sozinha, Manuela. E eu estarei sozinho no meio do mundo. Não haverá outro consolo além da glória de termos vencido.*

Os três

Já não se veste de capitã, não dispara pistolas, nem monta a cavalo. Não caminham as pernas e o corpo inteiro transborda em gorduras; mas ocupa sua cadeira de inválida como se fosse um trono e descasca laranjas e goiabas com as mãos mais belas do mundo.

Rodeada de cântaros de barro, Manuela Sáenz reina na penumbra do portal de sua casa. Mais além, se abre, entre morros da cor da morte, a baía de Paita. Desterrada nesse porto peruano, Manuela vive de preparar doces e conservas de frutas. Os navios param para comprar. Gozam de grande fama, nessa costa, seus manjares. Por uma colheradinha, suspiram os mestres das baleeiras.

Ao cair da noite, Manuela se diverte jogando restos aos cães vagabundos, que ela batizou com nomes dos generais que foram desleais a Bolívar. Enquanto Santander, Páez, Córdoba, Lamar e Santa Cruz disputam os ossos, ela acende seu rosto de lua, cobre com o leque a boca sem dentes e começa a rir. Ri com o corpo inteiro e os muitos bordados esvoaçantes.

Do povoado de Amotape vem, às vezes, um velho amigo. O andarilho Simón Rodríguez senta-se em uma cadeira de balanço, junto a Manuela, e os dois fumam e conversam e se calam. As pessoas que Bolívar mais quis, o mestre e a amante, mudam de assunto se o nome do herói escorrega para a conversa.

Quando dom Simón vai-se embora, Manuela pede que lhe passem o cofre de prata. Abre o cofre com a chave escondida no peito e acaricia as muitas cartas que Bolívar tinha escrito *à única mulher,* papéis gastos que ainda dizem: *Quero ver-te e rever-te e tocar-te e sentir-te e saborear-te...* Então pede o espelho e se penteia longa e calmamente, para que ele venha visitá-la em sonhos.

Juana Sánchez

O devastador Melgarejo caiu. Fugiu da Bolívia, perseguido a pedradas pelos índios, e vive mal em seu exílio num quartinho nos subúrbios de Lima. Do poder, não lhe sobra mais que o poncho cor de sangue. Seu cavalo, Holofernes, foi morto pelos índios, que cortaram suas orelhas.

Passa as noites uivando na frente da casa dos Sánchez. O lúgubre vozeirão de Melgarejo faz tremer Lima. Juana não abre a porta.

Juana tinha dezoito anos quando chegou ao palácio. Melgarejo trancou-se com ela três dias e três noites. Os guardas da escolta escutaram gritos, golpes, suspiros, gemidos, nenhuma palavra. Ao quarto dia, Melgarejo emergiu:

– *Gosto dela tanto quanto do meu exército!*

A mesa dos banquetes converteu-se em altar. Ao centro, entre círios, Juana reinava nua. Ministros, bispos e generais rendiam homenagem à bela e caíam de joelho quando Melgarejo alçava uma taça de conhaque em chamas e cantava versos de devoção. Ela, de pé, de mármore, sem outra roupa que seus cabelos, desviava o olhar.

E calava. Juana calava. Quando Melgarejo saía em campanha militar, deixava-a trancada num convento de La Paz. Voltava ao palácio com ela nos braços e ela calava, mulher virgem cada noite, cada noite nascida para ele. Nada disse Juana quando Melgarejo arrancou dos índios as terras das comunidades e deu de presente oitenta propriedades e uma província inteira para a família dela.

Também agora cala Juana. Trancada com pedra e cal a porta de sua mansão em Lima, ela não se mostra nem responde aos desesperados rugidos de Melgarejo. Nem sequer lhe diz:

– *Nunca me tiveste. Eu não estava ali.*

Chora e berra Melgarejo, seus punhos como trovões contra a porta. Nesse umbral, gritando o nome dessa mulher, morre em 1871, com dois tiros.

CALAMITY JANE

Dizem que dorme com seus revólveres pendurados na cabeceira da cama e que ainda supera os homens no pôquer, no copo e no palavrão. Derrubou muitos, dizem, com um gancho na mandíbula, desde os tempos em que dizem que lutou ao lado do general Custer em Wyoming e, matando índios, protegeu os mineiros nas Montanhas Negras dos sioux. Dizem que cavalgou um touro na rua principal de Rapid City e que assaltou trens e que em Fort Laramie namorou o belo xerife Wild Bill Hickock, e que ele lhe deu uma filha e um cavalo, Satã, que se ajoelhava para ajudá-la a desmontar. Sempre vestiu calças compridas, dizem, e amiúde as desvestiu, e não houve nos *saloons* mulher mais generosa nem mais descarada no amor e na mentira.

Dizem. Talvez nunca tenha estado. Talvez não esteja, esta noite de 1899, em Roma, na arena do Show do Oeste Selvagem, e o velho Buffalo Bill nos esteja enganando com outro de seus truques. Se não fosse pelos aplausos do público, nem a própria Calamity Jane estaria segura de que é ela essa mulher de quarenta e quatro anos, grandalhona e sem graça, que joga para cima um chapéu Stetson e o transforma em peneira.

Bonecas de 1900

Uma senhorita exemplar serve ao pai e aos irmãos como servirá ao marido, e não faz nem diz nada sem pedir licença. Se tem dinheiro ou berço, acode à missa das sete e passa o dia aprendendo a dar ordens aos serviçais negros, cozinheiras, serventes, babás, amas de leite, lavadeiras, e fazendo trabalhos de agulha ou bilro. Às vezes recebe amigas, e até se atreve a recomendar algum livro ousado, sussurrando:

– Se você soubesse como me fez chorar...

Duas vezes por semana, à tardinha, passa algumas horas escutando o noivo, sem olhá-lo e sem permitir que chegue perto, ambos sentados no sofá, frente ao olhar atento da tia. Todas as noites, antes de se deitar, reza as ave-marias do rosário e aplica na pele uma infusão de pétalas de jasmim amassadas em água de chuva à luz da lua cheia.

Se o noivo a abandona, ela se transforma subitamente em tia e fica portanto condenada a vestir santos, defuntos e recém nascidos, a vigiar noivos, a cuidar de doentes, a dar o catecismo e a suspirar pelas noites, na solidão da cama, contemplando o retrato de quem a desdenhou.

Charlotte

O que aconteceria se uma mulher despertasse uma manhã transformada em homem? E se a família não fosse o campo de treinamento onde o menino aprende a mandar e a menina a obedecer? E se houvesse creches? E se o marido participasse da limpeza e da cozinha? E se a inocência se fizesse dignidade? E se a razão e a emoção andassem de braços dados? E se os pregadores e os jornais dissessem a verdade? E se ninguém fosse propriedade de ninguém?

Charlotte Gilman delira. A imprensa norte-americana a ataca, chamando-a de *mãe desnaturada,* e mais ferozmente a atacam os fantasmas que moram em sua alma e a mordem por dentro. São eles os temíveis inimigos que Charlotte contém, quem às vezes conseguem derrubá-la. Mas ela cai e se levanta, e cai e novamente se levanta, e torna a se lançar pelo caminho. Esta tenaz caminhadora viaja sem descanso pelos Estados Unidos, e por escrito e por falado vai anunciando, nos começos do século XX, um mundo ao contrário.

Delmira

A este quarto ela foi chamada pelo homem que tinha sido seu marido; e querendo tê-la, ele amou-a e matou-a e se matou.

Os jornais uruguaios de 1914 publicam a foto do corpo que jaz tombado junto à cama, Delmira abatida por dois tiros de revólver, nua como seus poemas, as meias caídas, toda despida de vermelho:

– *Vamos mais longe na noite, vamos...*

Delmira Agustini escrevia em transe. Tinha cantado as febres do amor sem disfarces pacatos, e tinha sido condenada pelos que castigam nas mulheres o que nos homens aplaudem, porque a castidade é dever feminino, e o desejo, como a razão, um privilégio masculino. No Uruguai, as leis caminham na frente das pessoas, que ainda separam a alma do corpo como se fossem a Bela e a Fera. De maneira que perante o cadáver de Delmira se derramam lágrimas e frases a propósito de tão sensível perda para as letras nacionais, mas no fundo os chorosos suspiram com alívio – a morta morta está, e é melhor assim.

Mas, morta está? Não serão sombra de sua voz e eco de seu corpo todos os amantes que ardem nas noites do mundo? Não lhe abrirão um lugarzinho nas noites do mundo para que cante sua boca desatada e dancem seus pés resplandecentes?

Isadora

Descalça, despida, envolvida apenas pela bandeira argentina, Isadora Duncan dança o hino nacional.

Comete esta ousadia numa noite de 1916, num café de estudantes de Buenos Aires, e na manhã seguinte todo mundo sabe: o empresário rompe o contrato, as boas famílias devolvem suas entradas ao Teatro Colón e a imprensa exige a expulsão imediata desta pecadora norte-americana que veio à Argentina para macular os símbolos pátrios.

Isadora não entende nada. Nenhum francês protestou quando ela dançou a Marselhesa com um xale vermelho como traje completo. Se é possível dançar uma emoção, se é possível dançar uma ideia, por que não se pode dançar um hino?

A liberdade ofende. Mulher de olhos brilhantes, Isadora é inimiga declarada da escola, do matrimônio, da dança clássica e de tudo aquilo que engaiole o vento. Ela dança porque dançando goza, e dança o que quer, quando quer e como quer, e as orquestras se calam frente à música que nasce de seu corpo.

BESSIE

Esta mulher canta suas feridas com a voz da glória e ninguém pode ficar surdo ou distraído. Pulmões da noite profunda: Bessie Smith, imensamente gorda, imensamente negra, amaldiçoa os ladrões da Criação. Seus *blues* são os hinos religiosos das pobres negras bêbadas dos subúrbios: anunciam que serão destronados os brancos e os machos e os ricos que humilham o mundo.

Tina

Julio Antonio Mella, revolucionário cubano, vive no exílio no México. Uma noite de 1929, Mella caminha de braços dados com sua companheira, Tina Modotti, quando os assassinos o liquidam a tiros.

Tina grita, mas não chora frente ao corpo caído.

Tina chora depois, quando chega em casa, ao amanhecer, e vê os sapatos de Mella, vazios, como que esperando por ele debaixo da cama.

Até poucas horas antes, esta mulher era tão feliz que sentia inveja dela mesma.

O governo de Cuba não tem nada a ver, afirmam os jornais mexicanos de direita. O exilado foi vítima de um crime passional, *digam o que digam a judiada do bolchevismo moscovita*. A imprensa revela que Tina Modotti, *mulher de duvidosa decência*, reagiu com frieza frente ao trágico episódio e posteriormente, em suas declarações à polícia, incorreu em contradições suspeitas.

Tina, fotógrafa italiana, soube penetrar o México, muito a fundo, nos poucos anos que está aqui. Suas fotografias oferecem um espelho de grandeza às coisas simples de cada dia e à simples gente que aqui trabalha com as mãos.

Mas ela tem a culpa da liberdade. Vivia sozinha quando descobriu Mella, misturado na multidão que se manifestava por Sacco e Vanzetti e por Sandino, e se uniu a ele sem matrimônio. Antes tinha sido atriz de Hollywood e modelo e amante de artistas; e não há homem que ao vê-la não fique nervoso. Trata-se, portanto, de uma perdida – e para piorar, estrangeira e comunista. A polícia distribui fotos que mostram nua sua imperdoável beleza, enquanto começam as gestões para expulsá-la do México.

FRIDA

Tina Modotti não está sozinha frente aos inquisidores. Está acompanhada, de cada braço, por seus camaradas Diego Rivera e Frida Kahlo: o imenso buda pintor e sua pequena Frida, pintora também, a melhor amiga de Tina, que parece uma misteriosa princesa do Oriente mas diz mais palavrões e bebe mais tequila que um *mariachi* de Jalisco.

Frida ri às gargalhadas e pinta esplêndidas telas desde o dia em que foi condenada à dor incessante.

A primeira dor ocorreu lá longe, na infância, quando seus pais a disfarçaram de anjo e ela quis voar com asas de palha; mas a dor de nunca acabar chegou num acidente de rua, quando um ferro de bonde cravou-se de um lado a outro em seu corpo, como uma lança, e triturou seus ossos. Desde então ela é uma dor que sobrevive. Foi operada, em vão, muitas vezes; e na cama de hospital começou a pintar seus autorretratos, que são desesperadas homenagens à vida que lhe sobra.

Evita

Parece outra magrinha a mais, pálida desbotada, nem feia nem linda, que usa roupa de segunda mão e repete sem chiar as rotinas da pobreza. Como todas, vive presa às novelas de rádio, aos domingos vai ao cinema e sonha ser Norma Shearer e todas as tardinhas, na estação do povoado, olha passar o trem que vai para Buenos Aires. Mas Eva Duarte está farta. Fez quinze anos e está farta: sobe no trem, uma manhã de 1935, e se manda.

Esta garotinha não tem nada. Não tem pai nem dinheiro; não é dona de coisa alguma. Desde que nasceu no povoado de Los Toldos, filha de mãe solteira, foi condenada à humilhação, e agora é uma joana-ninguém entre os milhares de joões-ninguém que os trens despejam todos os dias em Buenos Aires, multidão de provincianos de cabelo grosso e pele morena, trabalhadores e domésticas que entram na boca da cidade e são por ela devorados: durante a semana Buenos Aires os mastiga e aos domingos os cospe aos pedaços.

Aos pés da grande babilônia, altas montanhas de cimento, Evita se paralisa. O pânico não a deixa fazer outra coisa a não ser amassar as mãos, vermelhas de frio, e chorar. Depois engole as lágrimas, aperta os dentes, agarra forte a mala de papelão e se afunda na cidade.

ALFONSINA

Na mulher que pensa, os ovários secam. Nasce a mulher para produzir leite e lágrimas, não ideias; e não para viver a vida e sim para espiá-la por trás da persiana. Mil vezes explicaram isso a ela e Alfonsina Stormi não acreditou nunca. Seus versos mais difundidos protestam contra o macho enjaulador.

Quando há anos chegou a Buenos Aires vinda do interior, Alfonsina trazia uns velhos sapatos de saltos tortos e no ventre um filho sem pai legal. Nesta cidade trabalhou no que apareceu; e roubava formulários do telégrafo para escrever suas tristezas. Enquanto polia as palavras, verso a verso, noite a noite, cruzava os dedos e beijava as cartas do baralho que anunciavam viagens, heranças e amores.

O tempo passou, quase um quarto de século; e nada lhe foi dado pela sorte. Mas lutando com mão firme Alfonsina foi capaz de abrir caminho no mundo masculino. Sua cara de camundongo travesso nunca falta nas fotos que reúnem os escritores argentinos mais ilustres.

Este ano de 1935, no verão, soube que tinha câncer. Desde então escreve poemas que falam do abraço do mar e da casa que a espera lá no fundo, na avenida das madrepérolas.

As mulheres dos Deuses

Ruth Landes, antropóloga norte-americana, vem ao Brasil em 1939. Ela quer conhecer a vida dos negros num país sem racismo. No Rio de Janeiro, é recebida pelo ministro Osvaldo Aranha. O ministro explica a ela que o governo se propõe a limpar a raça brasileira, suja de sangue negro, porque o sangue negro tem a culpa do atraso nacional.

Do Rio, Ruth viaja para a Bahia. Os negros são ampla maioria nesta cidade, onde outrora tiveram seu trono os vice-reis opulentos de açúcar e de escravos, e negro é tudo o que aqui vale a pena, da religião até a comida, passando pela música. E mesmo assim, na Bahia todo mundo acha, e os negros também, que a pele clara é prova de boa qualidade. Todo mundo, não: Ruth descobre o orgulho da negritude nas mulheres dos templos africanos.

Nesses templos são quase sempre mulheres, sacerdotisas negras, que recebem em seus corpos os deuses vindos da África. Resplandecentes e redondas como balas de canhão, oferecem aos deuses seus corpos amplos, que parecem casas onde dá prazer chegar e ficar. Nelas entram os deuses, e nelas dançam. Das mãos das sacerdotisas possuídas o povo recebe ânimo e consolo; e de suas bocas escuta as vozes do destino.

As sacerdotisas negras da Bahia aceitam amantes, não maridos. O casamento dá prestígio, mas tira a liberdade e a alegria. Nenhuma se interessa em formalizar o casamento frente ao padre ou ao juiz: nenhuma quer ser esposada esposa, senhora fulano. Cabeça erguida, lânguido balançar: as sacerdotisas se movem como rainhas da Criação. Elas condenam seus homens ao incomparável tormento de sentir ciúmes dos deuses.

Maria Padilha

Ela é Exu e também uma de suas mulheres, espelho e amante: Maria Padilha, a mais puta das diabas com quem Exu gosta de se revirar nas fogueiras.

Não é difícil reconhecê-la quando entra em algum corpo. Maria Padilha geme, uiva, insulta e ri com muito maus modos, e no fim do transe exige bebidas caras e cigarros importados. É preciso dar a ela tratamento de grande senhora e rogar-lhe muito para que se digne a exercer sua reconhecida influência junto aos deuses e diabos que mandam mais.

Maria Padilha não entra em qualquer corpo. Ela escolhe, para manifestar-se neste mundo, as mulheres que nos subúrbios do Rio ganham a vida entregando-se a troco de tostões. Assim, as desprezadas se tornam dignas de devoção: a carne de aluguel sobe ao centro do altar. Brilha mais que todos os sóis o lixo da noite.

Carmem

Toda brilhosa de lantejoulas e colares, coroada por uma torre de bananas, Carmem Miranda ondula sobre um fundo de paisagem tropical de cartolina.

Nascida em Portugal, filha de um fígaro pobretão que atravessou o mar, Carmem é hoje em dia o principal produto de exportação do Brasil. O café vem depois.

Esta baixinha safada tem pouca voz, e a pouca voz que tem desafina, mas ela canta com as cadeiras e as mãos e com o piscar dos olhos, e com isso tem de sobra. É a mais bem paga de Hollywood; possui dez casas e oito poços de petróleo.

Mas a empresa Fox se nega a renovar seu contrato. O senador Joseph MacCarty denunciou-a como obscena, porque durante uma filmagem, em plena dança, um fotógrafo delatou intoleráveis nudezas debaixo de sua saia voadora. E a imprensa revelou que já em sua mais terna infância Carmem tinha recitado para o rei Alberto da Bélgica, acompanhando os versos com descarados gestos e olhares que provocaram escândalo nas freiras e uma prolongada insônia no monarca.

Rita

Conquistou Hollywood mudando de nome, de peso, de idade, de voz, de lábios e de sobrancelhas. Sua cabeleira passou do negro opaco ao vermelho afogueado. Para ampliar a testa, lhe arrancaram pelo por pelo através de dolorosas descargas elétricas. Em seus olhos, puseram pestanas como pétalas.

Rita Hayworth se disfarçou de deusa, e talvez o tenha sido, ao longo dos anos quarenta. Já os cinquenta exigem deusa nova.

Marilyn

Como Rita, esta moça foi corrigida. Tinha pálpebras gordas e papada, nariz de ponta redonda e dentes demasiados: Hollywood cortou a gordura, suprimiu cartilagens, limou seus dentes e transformou seus cabelos castanhos e bobos numa maré de ouro fulgurante. Depois os técnicos a batizaram como Marilyn Monroe e lhe inventaram uma patética história de infância para que ela contasse aos jornalistas.

A nova Vênus fabricada em Hollywood já não precisa se meter em cama alheia para conseguir contratos para papéis de segunda em filmes de terceira. Já não vive de salsichas e café, nem passa frio no inverno. Agora é uma estrela, ou seja: uma pessoinha disfarçada que gostaria de recordar, mas não consegue, certo momento em que simplesmente quis ser salva da solidão.

As descaradas

Em 1952, nos campos de toda a Bolívia vivem-se tempos de mudança, vasta insurgência contra o latifúndio e contra o medo, e no vale de Cochabamba também as mulheres lançam, cantando e dançando, seu desafio.

Nas cerimônias de homenagem ao Cristo de Santa Vera Cruz, as camponesas *quichuas* de todo o vale acendem velas, bebem *chicha* e cantam e dançam, ao som de acordeões e *charangos,* ao redor do crucificado.

As moças casamenteiras começam pedindo a Cristo um marido que não as faça chorar, uma mula carregada de milho, uma ovelha branca e uma ovelha negra, uma máquina de costura ou tantos anéis quantos os dedos que têm as mãos. E depois cantam, com voz estridente, sempre em língua índia, seu altivo protesto: ao Cristo, ao pai, ao noivo, ao marido: prometem amá-lo e bem servi-lo na mesa e na cama, mas não querem apanhar que nem mula de carga. Cantando, disparam balas de deboche, que têm por alvo o macho nu, bastante estragado pelos anos e pelos bichos, que na cruz dorme ou faz que dorme:

> *Santa Vera Cruz, Malandro:*
> *"Filha minha", estás dizendo.*
> *Como pudeste engendrar-me*
> *se teu pinto não estou vendo?*

"Preguiçosa, preguiçosa", estás dizendo,
Santa Vera Cruz, Paizinho.
Só que mais preguiçoso és tu
Que estás em pé adormecendo.

Malandrinho de rabo enrolado,
olhinho espiando mulheres.
Cara de rato, Velhinho,
de nariz esburacado.

Tu não me queres solteira.
Me condenas aos filhos,
a vesti-los enquanto vivam
e enterrá-los quando esfriam.

Me vais dar um marido
para que me chute e açoite?
Por que a flor que se abre
murcha marcha para o olvido?

Maria de la Cruz

Em 1961, pouco depois da invasão de Playa Girón, o povo reúne-se na praça. Fidel anuncia que os prisioneiros serão trocados por remédios para crianças. Depois entrega diplomas a quarenta mil camponeses alfabetizados. Uma velha insiste em subir na tribuna, e tanto insiste que enfim sobe. Em vão move as mãos no ar, buscando o altíssimo microfone, até que Fidel o abaixa:

– *Eu queria conhecê-lo, Fidel. Queria dizer-lhe...*
– *Cuidado, vou ficar vermelho..*

Mas a velha, mil rugas, meia dúzia de ossinhos, criva-o de elogios e gratidões. Ela aprendeu a ler e a escrever aos 106 anos de idade. Chama-se Maria de la Cruz, por ter nascido no mesmo dia da invenção da Santa Cruz, com o sobrenome Semanat, porque Semanat se chamava a plantação de cana onde ela nasceu escrava, filha de escravos, neta de escravos. Naquele tempo os amos mandavam ao cepo os negros que queriam letras, explica Maria de la Cruz, porque os negros eram máquinas que funcionavam ao toque do sino e ao ritmo dos açoites, e por isso ela tinha demorado tanto em aprender.

Maria de la Cruz apodera-se da tribuna. Depois de falar, canta. Depois de cantar, dança. Faz mais de um século que desandou a dançar Maria de la Cruz. Dançando saiu do ventre da mãe e dançando atravessou a dor e o horror até chegar aqui, que era onde devia chegar, portanto agora e não há quem a detenha.

PÁSSAROS PROIBIDOS

Nos tempos da ditadura militar, os presos políticos uruguaios não podem falar sem licença, assoviar, sorrir, cantar, caminhar rápido nem cumprimentar outro preso. Tampouco podem desenhar nem receber desenhos de mulheres grávidas, casais, borboletas, estrelas ou pássaros.

Didaskó Pérez, professor, torturado e preso *por ter ideias ideológicas,* recebe num domingo a visita de sua filha Milay, de cinco anos. A filha traz para ele um desenho de pássaros. Os censores o rasgam na entrada da cadeia.

No domingo seguinte, Milay traz para o pai um desenho de árvores. As árvores não estão proibidas, e o desenho passa. Didaskó elogia a obra e pergunta à filha o que são os pequenos círculos coloridos que aparecem nas copas das árvores, muito pequenos círculos entre a ramagem:

– *São laranjas? Que frutas são?*

A menina o faz calar:

– *Shhhh.*

E em tom de segredo explica:

– *Bobo. Não está vendo que são olhos? Os olhos dos pássaros que eu trouxe escondidos para você.*

A CARÍCIA

Nos tempos da ditadura militar, na cidade argentina de La Plata, uma mulher procura alguma coisa que não tenha sido destruída. As forças da ordem arrasaram a casa de Maria Isabel de Mariani e ela cavuca os restos em vão. O que não roubaram, pulverizaram. Somente um disco, o *Réquiem* de Verdi, está intacto.

Maria Isabel quisera encontrar no redemoinho alguma lembrança de seus filhos e de sua neta, alguma foto ou brinquedo, livro ou cinzeiro ou o que fosse. Seus filhos, suspeitos de terem uma imprensa clandestina, foram assassinados a tiros de canhão. Sua neta de três meses, butim de guerra, foi dada ou vendida pelos oficiais.

É verão, e o cheiro da pólvora se mistura com o aroma das tílias que florescem. (O aroma das tílias será para sempre e sempre insuportável.) Maria Isabel não tem quem a acompanhe. Ela é mãe de subversivos. Os amigos atravessam a rua ou desviam o olhar. O telefone está mudo. Ninguém lhe diz nada, nem ao menos mentiras. Sem ajuda de ninguém, vai enfiando em caixas os cacos de sua casa aniquilada. Tarde da noite, põe as caixas na calçada.

De manhã, bem cedinho, os lixeiros apanham as caixas, uma por uma, suavemente, sem batê-las. Os lixeiros tratam as caixas com muito cuidado, como se soubessem que estão cheias de pedacinhos de vida quebrada. Oculta atrás da persiana, em silêncio, Maria Isabel agradece a eles esta carícia, que é a única que recebeu desde que começou a dor.

Cinco mulheres

– O inimigo principal, qual é? A ditadura militar? A burguesia boliviana? O imperialismo? Não, companheiros. Eu quero dizer só isso: nosso inimigo principal é o medo. Temos medo por dentro.

Só isso disse Domitila na mina de estanho de Catavi e então veio para La Paz, a capital da Bolívia, com outras quatro mulheres e uma vintena de filhos. No Natal começaram a greve de fome. Ninguém acreditou nelas. Vários acharam que esta piada era boa:
– Quer dizer que cinco mulheres vão derrubar a ditadura?

O sacerdote Luis Espinal é o primeiro a se somar. Num minuto já são mil e quinhentos os que passam fome na Bolívia inteira, de propósito. As cinco mulheres, acostumadas à fome desde que nasceram, chamam a água de *frango* ou *peru*, *de costeleta* o sal, e o riso as alimenta. Multiplicam-se enquanto isso os grevistas de fome, três mil, dez mil, até que são incontáveis os bolivianos que deixam de comer e deixam de trabalhar e vinte e três dias depois do começo da greve de fome o povo se rebela e invade as ruas e já não há como parar isto.

Em 1978, as cinco mulheres derrubam a ditadura militar.

As comandantes

Às suas costas, um abismo. À sua frente e aos lados, o povo armado acossando. O quartel "A Pólvora", na cidade de Granada, último reduto da ditadura, está a ponto de cair.

Quando o coronel fica sabendo da fuga de Somoza, manda calar as metralhadoras. Os sandinistas também deixam de disparar.

Pouco depois abre-se o portão de ferro do quartel e aparece o coronel agitando um trapo branco.

– *Não disparem!*

O coronel atravessa a rua.

– *Quero falar com o comandante.*

Cai o lenço que lhe cobre a cara:

– *A comandante sou eu* – diz Mônica Baltodano, uma das mulheres sandinistas com comando de tropa.

– *O quê?*

Pela boca do coronel, macho altivo, fala a instituição militar, vencida mas digna, hombridade de calças compridas, honra da farda:

– *Eu não me rendo a uma mulher!* – ruge o coronel.

E se rende.

Rigoberta

Ela é uma índia maia-quichê, nascida na aldeia de Chimel, que colhe café e corta algodão nas plantações do litoral desde que aprendeu a caminhar. Nos algodoais viu cair seus dois irmãos, Nicolás e Felipe, os menorzinhos, e sua melhor amiga, ainda menina, todos sucessivamente fulminados pela fumigação de pesticidas.

No ano de 1979, na aldeia de Chajul, Rigoberta Menchú viu como o exército da Guatemala queimava vivo seu irmão Patrocínio. Pouco depois, na embaixada da Espanha, também seu pai foi queimado vivo junto com outros representantes das comunidades indígenas. Agora, em Uspantán, os soldados liquidaram sua mãe aos poucos, cortando-a em pedacinhos, depois de tê-la vestido com roupas de guerrilheiro.

Da comunidade de Chimel, onde Rigoberta nasceu, não sobrou ninguém vivo.

Rigoberta, que é cristã, aprendeu que o verdadeiro cristão perdoa seus perseguidores e reza pela alma de seus verdugos. Quando lhe golpeiam uma face, tinham-lhe ensinado, o verdadeiro cristão oferece a outra.

– *Eu já não tenho face para oferecer* – comprova Rigoberta.

Domitila

Qual é a distância que separa um acampamento mineiro da Bolívia de uma cidade da Suécia? Quantas léguas, quantos séculos, quantos mundos?

Domitila, uma das cinco mulheres que derrubaram uma ditadura militar, foi condenada ao desterro por outra ditadura militar e veio parar, com seu marido mineiro e seus muitos filhos, nas neves do norte da Europa.

De onde faltava tudo até onde sobra tudo, da última miséria à primeira opulência: olhos de estupor nestas caras de barro: aqui na Suécia são jogados no lixo televisores quase novos, roupas pouco usadas e móveis e geladeiras e fogões e lavadoras de pratos que funcionam perfeitamente. Vão para o cemitério automóveis penúltimo modelo.

Domitila agradece a solidariedade dos suecos e admira sua liberdade, mas o desperdício a ofende. A solidão, em compensação, lhe dá pena: pobres pessoas ricas solitárias frente ao televisor, bebendo sozinhas, comendo sozinhas, falando sozinhas:

– *Nós* – conta, recomenda Domitila – *nós, lá na Bolívia, nem que seja para brigar, nos juntamos.*

Tamara voa duas vezes

Enquanto se desintegra a ditadura militar na Argentina, as Avós da Praça de Maio andam em busca dos netos perdidos. Esses bebês, aprisionados com seus pais ou nascidos em campos de concentração, foram repartidos como butim de guerra; e vários têm como pais os assassinos de seus pais. As avós investigam a partir do que houver, fotos, dados soltos, uma marca de nascimento, alguém que viu alguma coisa, e assim, abrindo passo a golpes de sagacidade e de guarda-chuva, já recuperaram alguns.

Tamara Arze, que desapareceu com um ano e meio de idade, não foi parar em mãos militares. Está numa aldeia suburbana, na casa da boa gente que a recolheu quando foi jogada por aí. A pedido da mãe, as avós empreendem a busca. Contavam com poucas pistas. Após um longo e complicado rastrear, a encontraram. Cada manhã, Tamara vende querosene num carro puxado por um cavalo, mas não se queixa da sorte, e a princípio não quer nem ouvir falar de sua mãe verdadeira. Muito aos pouquinhos as avós vão lhe explicando que ela é filha de Rosa, uma operária boliviana que jamais a abandonou. Que uma noite sua mãe foi capturada na saída da fábrica, em Buenos Aires...

Rosa foi torturada, sob o controle de um médico que mandava parar, e violentada, e fuzilada com balas de festim. Passou oito anos presa sem processo nem explicações, até que no ano passado a expulsaram da Argentina.

Agora, no aeroporto de Lima, espera. Por cima dos Andes, sua filha Tamara vem voando rumo a ela.

Tamara viaja acompanhada por duas das avós que a encontraram. Devora tudo que servem no avião, sem deixar nem uma migalha de pão ou um grão de açúcar.

Em Lima, Rosa e Tamara se descobrem. Olham-se no espelho, juntas, e são idênticas: os mesmos olhos, a mesma boca, as mesmas pintas nos mesmos lugares.

Quando chega a noite, Rosa banha a filha. Ao deitá-la, sente um cheiro leitoso, adocicado; e torna a banhá-la. E outra vez. E por mais que esfregue o sabonete, não há maneira de tirar-lhe esse cheiro. É um cheiro raro... e de repente, Rosa recorda. Este é o cheiro dos bebês quando acabam de mamar: Tamara tem dez anos e nesta noite tem cheiro de recém-nascida.

O sempre abraço

Não faz muito que foram descobertos, na sequidão do que antigamente foi a praia de Zumpa, no Equador. E aqui estão, a todo sol, para quem quiser vê-los: um homem e uma mulher descansam abraçados, dormindo amores, há uma eternidade.

Escavando o cemitério dos índios, uma arqueóloga encontrou este par de esqueletos de amor atados. Há oito mil anos que os amantes de Zumpa cometeram a irreverência de morrer sem se desprender, e qualquer um que se aproxime pode ver que a morte não lhes provoca a menor preocupação.

É surpreendente sua esplêndida formosura, tratando-se de ossos tão feios no meio de tão feio deserto, pura aridez e cinzentice; e mais surpreendente é sua modéstia. Estes amantes, adormecidos no vento, parecem não ter percebido que eles têm mais mistério e grandeza que as pirâmides de Teotihuacán ou o santuário de Machu Picchu ou as cataratas do Iguaçu.

O NOME ROUBADO

A ditadura do general Pinochet muda os nomes de vinte favelas, casas de lata e papelão, nos arredores de Santiago do Chile. No rebatismo, Violeta Parra recebe o nome de algum militar heroico. Mas seus habitantes se negam a usar esse nome não escolhido: eles são Violeta Parra ou não são nada.

Faz tempo, numa unânime assembleia, tinham decidido se chamar como aquela camponesa cantora, de voz gastadinha, que em suas canções briguentas soube celebrar os mistérios do Chile.

Violeta era pecante e picante, amiga do violeiro e da viola e da conversa e do amor, e por dançar e gracejar deixava queimar suas empanadas. *Gracias a la vida, que me ha dado tanto,* cantou em sua última canção; e uma reviravolta de amor atirou-a na morte.

As bordadeiras de Santiago

As crianças, que dormem três na mesma cama, estendem seus braços na direção de uma vaca voadora. Papai Noel traz um saco de pão, e não de brinquedos. Aos pés de uma árvore, mendiga uma mulher. Debaixo do sol vermelho, um esqueleto conduz um caminhão de lixo. Pelos caminhos sem fim, andam homens sem rosto. Um olho imenso vigia. No centro do silêncio e do medo, fumega um caldeirão popular.

O Chile é este mundo de trapos coloridos sobre um fundo de sacos de farinhas. Com sobras de lã e velhos farrapos bordam as bordadeiras, mulheres dos subúrbios miseráveis de Santiago. Bordam *arpilleras,* que são vendidas nas igrejas. Que exista quem as compre é coisa inacreditável. Elas se assombram:

– *Nós bordamos nossos problemas, e nossos problemas são feios.*

Primeiro foram as mulheres dos presos. Depois, muitas outras se puseram a bordar. Por dinheiro, que ajuda a remediar; mas não só pelo dinheiro. Bordando *arpilleras* as mulheres se juntam, interrompem a solidão e a tristeza e por umas horas quebram a rotina da obediência ao marido, ao pai, ao filho macho e ao general Pinochet...

Os diabinhos de ocumicho

Como as *arpilleras* chilenas, nascem de mão de mulher os diabinhos de barro da aldeia mexicana de Ocumicho. Os diabinhos fazem amor, a dois ou em bando, e assim vão à escola, pilotam motos e aviões, entram de penetras na arca de Noé, se escondem entre os raios do sol amante da lua e se metem, disfarçando-se de recém-nascidos, nos presépios de Natal. Insinuam-se os diabinhos debaixo da mesa da Última Ceia, enquanto Jesus Cristo, cravado na cruz, come peixes do lago de Pátzcuaro junto a seus apóstolos índios. Comendo, Jesus Cristo ri de uma orelha a outra, como se tivesse descoberto que este mundo pode ser redimido pelo prazer mais que pela dor.

Em casas sombrias, sem janelas, as alfaieiras de Ocumicho modelam estas figuras luminosas. Fazem uma arte livre as mulheres atadas a filhos incessantes, prisioneiras de maridos que se embebedam e as golpeiam. Condenadas à submissão, destinadas à tristeza, elas acreditam cada dia numa nova rebelião, uma alegria nova.

Sobre a propriedade privada do direito de criação

Os compradores das ceramistas de Ocumicho querem que elas assinem seus trabalhos. Elas usam sinete para gravar o nome ao pé de seus diabinhos. Mas muitas vezes esquecem de assinar, ou aplicam o sinete da vizinha se não encontram o seu, de maneira que Maria acaba sendo autora de uma obra de Nicolasa, ou vice-versa.

Elas não entendem este assunto de glória solitária. Dentro de sua comunidade de índios tarascos, uma é todas. Fora da comunidade, uma é nenhuma, como acontece ao dente que se solta da boca.

AS MOLAS DE SAN BLAS

As índias cunas fazem as *molas,* nas ilhas de San Blas, no Panamá, para exibi-las pregadas nas costas ou no peito. Com fio e agulha, talento e paciência, vão combinando retalhos de panos. Coloridos em desenhos que jamais se repetem. Às vezes imitam a realidade; às vezes a inventam. E às vezes acontece que elas, querendo copiar, só copiar, algum pássaro que viram, se põem a recortar e costurar, ponto após ponto, e terminam descobrindo algo mais colorido e cantor e voadeiro que qualquer um dos pássaros do céu.

História da intrusa

E no sétimo dia, Deus descansou.
E recuperou a plenitude de sua energia.
E no oitavo dia, a criou.
(Gênesis, 2. 1.)

Você veio pelo rio, na sua noite de boda. A cidade inteira estava no cais, de boca aberta, quando você chegou da escuridão, de pé sobre a espuma. As salpicaduras da água haviam a túnica branca grudado em seu corpo, e um diadema de vaga-lumes vivos iluminava seu rosto.

Lucho Cavalgante havia trocado seis vacas, que eram tudo que ele tinha, por você, para que a sua formosura curasse aquele corpo atacado pela solidão e humilhado pelos anos.

A noite foi festa. E ao amanhecer, debaixo de uma chuva de arroz, a balsa deu quatro voltas no rio e vocês se afastaram, perseguidos pelos adeuses das violas e das maracas.

Na noite seguinte, a balsa retornou. Você vinha, de pé. Lucho Cavalgante vinha deitado, naquele comprimento todo.

Lucho havia morrido sem haver tocado você, enquanto a túnica branca deslizava lentamente ao longo de seu corpo e caía, feito um novelo, a seus pés. Olhando você, o peito de Lucho havia explodido.

Foi velado todo coberto, porque estava roxo e com a língua de fora. E durante o velório, os dois irmãos de

Lucho se esfaquearam entre si, disputando a herança, você, fêmea solitária, invicta e viúva.

Foi preciso abrir três tumbas.

Você ficou na cidade.

O pai dos finados não perdia nenhum dos seus passos. Lá da margem, o velho Cavalgante perseguia você, com seu binóculo, enquanto você fazia os redemoinhos cantarem: ao amanhecer, você girava na água seu remo de pá larga e uma música rouquenha brotava da espuma. Sua cantoria das pompas da água era mais poderosa que o campanário da Igreja. A canoa dançava, os peixes acudiam e todos os homens despertavam.

No mercado, você trocava linguados e robalos por mangas e abacaxis e azeite de palmeira. O velho andava atrás, arrastando o reumatismo, espiando seus passos. E quando você estendia-se na rede, espiava os seus sonhos.

O velho não comia nem dormia. Dessangrado pelos ciúmes, turbilhão de mosquitos que o mordiam dia e noite, foi perdendo a carne e o fôlego. E quando não restou nele nada além de um punhado de ossos mudos, foi enterrado ao lado de seus filhos.

Você não usava vestidos da Casa Paris, nem pulseiras, nem brincos, nem anéis, nem mesmo um prendedor em seu longo cabelo negro, sempre brilhante de banhos de cepa de bananeira.

Mas cada vez que você passava perto, Escolástico, que era paralítico, dava um salto. E lá ia você navegando pelas ruas da cidade, invulnerável ao pó e ao barro, e Escolástico sentia que o destino o chamava aos berros e aos berros mandava-o entrar em seu corpo e ficar lá todos os dias do ano que tivesse de vida.

– *O que eu faço aqui, fora dela?* – atormentava-se Escolástico, até que certa manhã, quando viu você passar, abandonou de um salto sua cadeira de rodas e correndo desapareceu, atropelado por uma bicicleta.

Quando havia maré alta, o rio chegava ao peito de Fortunato: ele era capaz de afundar qualquer barco com um braço, e com os dois o trazia de volta à tona. Insaciável devorador de peixes crus e mulheres frescas, aquele sansão alardeava:

– *Minha espada de cabo peludo só faz filhos machos.*

Quando ele ia dar o bote em você, foi aniquilado por um raio. O raio, que caiu de um céu sem nuvens, surpreendeu Fortunato com a espada tesa e os braços esticados, na beira da rede onde você dormia; mas você continuou dormindo serenamente, sem perceber nada, e de Fortunato não sobrou nada além de um tronquinho de carvão eriçado, de três pontas.

Chamados pela sua fama de mulher muito mulher, que havia se espalhado por toda a costa do Pacífico, chegaram à cidade um jornalista e um fotógrafo do porto de Buenaventura.

Era noite de baile. Você estava girando no ar, no centro de uma roda de aplausos, os ombros quietos, as cadeiras num remelexo, os pés zunindo, pés ou asas de beija-flor, e em marés erguia-se a espuma das rendas sobre suas coxas escuras e radiantes. O jornalista chegou a murmurar:

– *Que sorte a minha,*

ter estado neste mundo,
tê-la visto.
e essas foram suas últimas palavras.

O fotógrafo enlouqueceu. Querendo prender a sua imagem de mulher alada, terra e céu, solo e sonho, ficou gago para sempre, e nunca mais parou de tremer. Fotografava estátuas, e elas se mexiam.

O padre Jovino sentiu uma rajada de cheiro de mar e descobriu você nas vizinhanças. Jogou um punhado de terra para frente, pronunciou os esconjuros fazendo o sinal da cruz, e jogou outro punhado de terra para trás. Quando percebeu você vindo para a Igreja, fechou a porta com cadeado e tranca de ferro e de madeira.

– *Padre* – você chamou.

Ele retrocedeu, apavorado. No altar, abraçou-se à cruz.

– *Padre* – você repetiu, grudada na porta.

– *Senhor, não me abandone!* – implorava o sacerdote, transpirando mares, incendiado pelos fogos da perdição.

Você ia se confessar. Foi embora. Foi chorando gotas de hortelã.

No dia seguinte, o padre Jovino untou-se de barro bento e atirou-se no rio, na curva profunda, atado ao Cristo.

Logo depois, tiraram os dois. O padre estava afogado e Jesus, que antes suava e sangrava e piscava os olhos, deixou de pestanejar, e já não jorrava água nem sangue, nem fazia milagres.

As mulheres sempre haviam olhado para você de cara feia. Desde que você havia chegado à cidade, a chuva não chovia e os homens trabalhavam pouco e morriam muito. Alguém havia visto esporas nas suas sandálias e alguém havia visto você envolta numa nuvem de enxofre. Era público e notório que o rio fervia e fumegava onde você navegava, e os peixes seguiam você agitando freneticamente as barbatanas; e sabia-se que uma cobra visitava você todas as noites, deslizando até a sua rede, vinda da folha de palmeira do teto, e fazia o favor.

A cidade inteira condenava você, bruxa desdenhosa, mais festeira que rezadeira, por causa das suas artes de encantamento e feitiçaria ou por causa da sua beleza imperdoável.

E certa noite, você foi embora. Em sua canoa, de pé sobre as águas, você se desvaneceu na névoa.

Ninguém viu. Só eu vi. Eu era menino, e você nem percebeu.

Vejo você até hoje.

História do outro

Você prepara o café da manhã, como todo dia. Como todo dia, você leva seu filho até a escola. Como todo dia.

E então, o vê. Na esquina, refletido numa poça, contra a calçada; e quase é atropelada por um caminhão.

Depois, você vai para o trabalho. E o vê novamente, na janela de um botequim medonho, e o vê na multidão que a boca do metrô devora e vomita.

Ao anoitecer, seu marido passa para buscá-la. E no caminho de casa vão os dois, calados, respirando o veneno do ar, quando você torna a vê-lo no turbilhão das ruas: esse corpo, essa cara que sem palavras pergunta e chama.

E desde então você o vê com os olhos abertos, em tudo que olha, e o vê com os olhos fechados, em tudo que pensa; e o toca com seus olhos.

Este homem vem de algum lugar que não é este lugar e de algum tempo que não é este tempo. Você, mãe de, mulher de, é a única que o vê, a única que pode vê-lo. Você já não tem mais fome de ninguém, fome de nada, mas cada vez que ele aparece e se desvanece você sente uma irremediável necessidade de rir e chorar os risos e os prantos que engoliu ao longo de tantos longos anos, risos perigosos, prantos proibidos, segredos escondidos em quem sabe que cantos de seus cantos.

E quando chega a noite, enquanto seu marido dorme, você vira de costas e sonha que desperta.

JANELA SOBRE UMA MULHER/1

Essa mulher é uma casa secreta.
Em seus cantos, guarda vozes e esconde fantasmas.
Nas noites de inverno, jorra fumaça.
Quem entra nela, dizem, não sai nunca mais.
Eu atravesso o fosso profundo que a rodeia. Nessa casa serei habitado. Nela me espera o vinho que me beberá. Muito suavemente bato na porta, e espero.

Janela sobre uma mulher/2

A outra chave não gira na porta da rua.

A outra voz, cômica, desafinada, não canta no chuveiro.

No chão do banheiro não há marcas de outros pés molhados.

Nenhum cheiro quente vem da cozinha.

Uma maçã meio comida, marcada por outros dentes, começa a apodrecer em cima da mesa.

Um cigarro meio fumado, lagarta de cinza morta, tinge a beira do cinzeiro.

Penso que deveria fazer a barba. Penso que deveria, me vestir, penso que deveria.

Uma água suja chove dentro de mim.

Janela sobre uma mulher/3

Ninguém conseguirá matar aquele tempo, ninguém vai conseguir jamais: nem nós. Digo: enquanto você existir, onde quer que esteja, ou enquanto eu existir.

Diz o almanaque que aquele tempo, aquele pequeno tempo, já não existe; mas nesta noite meu corpo nu está transpirando você.

Janela sobre a palavra/1

Magda Lemonnier recorta palavras nos jornais, palavras de todos os tamanhos, e as guarda em caixas. Numa caixa vermelha guarda as palavras furiosas. Numa verde, as palavras amantes. Em caixa azul, as neutras. Numa caixa amarela, as tristes. E numa caixa transparente guarda as palavras que têm magia.

Às vezes, ela abre e vira as caixas sobre a mesa, para que as palavras se misturem do jeito que quiserem. Então, as palavras contam para Magda o que acontece e anunciam o que acontecerá.

Janela sobre a palavra/2

A letra A tem as pernas abertas.

A M é um sobe desce que vai e vem entre o céu e o inferno.

A O, círculo fechado, asfixia.

A R está evidentemente grávida.

– *Todas as letras da palavra AMOR são perigosas* – comprova Romy Díaz-Perera.

Quando as palavras saem da boca, ela as vê desenhadas no ar.

Janela sobre a palavra/3

Estava preso fazia mais de vinte anos, quando a descobriu.

Cumprimentou-a com um gesto da mão, da janela de sua cela, e ela respondeu da janela de sua casa.

Depois, falou a ela com trapos coloridos e letras enormes. As letras formavam palavras que ela lia de binóculos. Ela respondia com letras maiores, porque ele não tinha binóculos.

E assim cresceu o amor.

Agora, Nela e o Negro Viña sentam-se costas contra costas. Se um se levantar, o outro cai.

Eles vendem vinho na frente das ruínas da cadeia de Punta Carretas, em Montevidéu.

Janela sobre as perguntas

Sofia Opalski tem muitos anos, ninguém sabe quantos, ninguém sabe se ela sabe. Tem apenas uma perna, anda em cadeira de rodas. As duas estão bem gastas, ela e a cadeira de rodas. A cadeira tem parafusos frouxos, e ela também.

Quando ela cai, ou quando cai a cadeira, Sofia chega, do jeito que der, até o telefone e disca o único número do qual se lembra. E pergunta, lá do fim do tempo:

– *Quem sou eu?*

Muito longe de Sofia, em outro país, está Lucia Herrera, que tem três ou quatro anos de vida. Lucia pergunta, lá do princípio do tempo:

– *O que quero eu?*

A PAIXÃO DE DIZER

Marcela esteve nas neves do Norte. Em Oslo, uma noite, conheceu uma mulher que canta e conta.

Entre canção e canção, essa mulher conta boas histórias, e as conta espiando papeizinhos, como quem lê a sorte de soslaio.

Essa mulher de Oslo veste uma saia imensa, toda cheia de bolsinhas. Dos bolsos vai tirando papeizinhos, um por um, e em cada papelzinho há uma boa história para ser contada, uma história de fundação e fundamento, e em cada história há gente que quer tornar a viver por arte de bruxaria. E assim ela vai ressuscitando os esquecidos e os mortos; e das profundidades desta saia vão brotando as andanças e os amores do bicho humano, que vai vivendo, que dizendo vai.

A CASA DAS PALAVRAS

Na casa das palavras, sonhou Helena Villagra, chegavam os poetas. As palavras, guardadas em velhos frascos de cristal, esperavam pelos poetas e se ofereciam, loucas de vontade de ser escolhidas: elas rogavam aos poetas que as olhassem, as cheirassem, as tocassem, as provassem. Os poetas abriam os frascos, provavam palavras com o dedo e então lambiam os lábios ou fechavam a cara. Os poetas andavam em busca de palavras que não conheciam, e também buscavam palavras que conheciam e tinham perdido.

Na casa das palavras havia uma mesa das cores. Em grandes travessas as cores eram oferecidas e cada poeta se servia da cor que estava precisando: amarelo-limão ou amarelo-sol, azul do mar ou de fumaça, vermelho-lacre, vermelho-sangue, vermelho-vinho...

A LEITORA

Quando Lucia Peláez era pequena, leu um romance escondida. Leu aos pedaços, noite após noite, embaixo do travesseiro. Lucia tinha roubado o romance da biblioteca de cedro onde seu tio guardava os livros preferidos.

Muito caminhou Lucia, enquanto passavam-se os anos. Na busca de fantasmas caminhou pelos rochedos sobre o rio Antióquia, e na busca de gente caminhou pelas ruas das cidades violentas.

Muito caminhou Lucia, e ao longo de seu caminhar ia sempre acompanhada pelos ecos daquelas vozes distantes que ela tinha escutado, com seus olhos, na infância.

Lucia não tornou a ler aquele livro. Não o reconheceria mais. O livro cresceu tanto dentro dela que agora é outro, agora é dela.

Janela sobre a memória

Debaixo do mar viaja o canto das baleias, que cantam se chamando.

Pelos ares viaja o assovio do caminhante, que busca teto e mulher para fazer a noite.

E pelo mundo e pelos anos, viaja a avó.

A avó viaja perguntando:

– *Quanto falta?*

Ela se deixa levar do telhado da casa e navega sobre a Terra. Sua barca viaja para a infância e para o nascimento e para antes:

– *Quanto falta para chegar?*

A avó Raquel está cega, mas enquanto viaja vê os tempos idos, vê os campos perdidos: lá onde as galinhas põem ovos de avestruz, os tomates são como abóboras e não há trevos que não tenham quatro folhas.

Cravada em sua cadeira, muito penteada e muito limpinha e engomadinha, a avó viaja sua viagem pelo avesso e convida nós todos:

– *Não tenham medo* – diz. – *Eu não tenho medo.*

E a leve barca desliza pela Terra e pelo tempo.

– Falta muito? – pergunta a avó, enquanto vai.

Coleção L&PM POCKET (lançamentos mais recentes)

741. **Sol nascente** – Michael Crichton
742. **Duzentos ladrões** – Dalton Trevisan
743. **Os devaneios do caminhante solitário** – Rousseau
744. **Garfield, o rei da preguiça (10)** – Jim Davis
745. **Os magnatas** – Charles R. Morris
746. **Pulp** – Charles Bukowski
747. **Enquanto agonizo** – William Faulkner
748. **Aline: viciada em sexo (3)** – Adão Iturrusgarai
749. **A dama do cachorrinho** – Anton Tchékhov
750. **Tito Andrônico** – Shakespeare
751. **Antologia poética** – Anna Akhmátova
752. **O melhor de Hagar 6** – Dik e Chris Browne
753. (12).**Michelangelo** – Nadine Sautel
754. **Dilbert (4)** – Scott Adams
755. **O jardim das cerejeiras** *seguido de* **Tio Vânia** – Tchékhov
756. **Geração Beat** – Claudio Willer
757. **Santos Dumont** – Alcy Cheuiche
758. **Budismo** – Claude B. Levenson
759. **Cleópatra** – Christian-Georges Schwentzel
760. **Revolução Francesa** – Frédéric Bluche, Stéphane Rials e Jean Tulard
761. **A crise de 1929** – Bernard Gazier
762. **Sigmund Freud** – Edson Sousa e Paulo Endo
763. **Império Romano** – Patrick Le Roux
764. **Cruzadas** – Cécile Morrisson
765. **O mistério do Trem Azul** – Agatha Christie
766. **Os escrúpulos de Maigret** – Simenon
767. **Maigret se diverte** – Simenon
768. **Senso comum** – Thomas Paine
769. **O parque dos dinossauros** – Michael Crichton
770. **Trilogia da paixão** – Goethe
771. **A simples arte de matar (vol.1)** – R. Chandler
772. **A simples arte de matar (vol.2)** – R. Chandler
773. **Snoopy: No mundo da lua! (8)** – Charles Schulz
774. **Os Quatro Grandes** – Agatha Christie
775. **Um brinde de cianureto** – Agatha Christie
776. **Súplicas atendidas** – Truman Capote
777. **Ainda restam aveleiras** – Simenon
778. **Maigret e o ladrão preguiçoso** – Simenon
779. **A viúva imortal** – Millôr Fernandes
780. **Cabala** – Roland Goetschel
781. **Capitalismo** – Claude Jessua
782. **Mitologia grega** – Pierre Grimal
783. **Economia: 100 palavras-chave** – Jean-Paul Betbèze
784. **Marxismo** – Henri Lefebvre
785. **Punição para a inocência** – Agatha Christie
786. **A extravagância do morto** – Agatha Christie
787. (13).**Cézanne** – Bernard Fauconnier
788. **A identidade Bourne** – Robert Ludlum
789. **Da tranquilidade da alma** – Sêneca
790. **Um artista da fome** *seguido de* **Na colônia penal e outras histórias** – Kafka
791. **Histórias de fantasmas** – Charles Dickens
792. **A louca de Maigret** – Simenon
793. **O amigo de infância de Maigret** – Simenon
794. **O revólver de Maigret** – Simenon
795. **A fuga do sr. Monde** – Simenon
796. **O Uraguai** – Basílio da Gama
797. **A mão misteriosa** – Agatha Christie
798. **Testemunha ocular do crime** – Agatha Christie
799. **Crepúsculo dos ídolos** – Friedrich Nietzsche
800. **Maigret e o negociante de vinhos** – Simenon
801. **Maigret e o mendigo** – Simenon
802. **O grande golpe** – Dashiell Hammett
803. **Humor barra pesada** – Nani
804. **Vinho** – Jean-François Gautier
805. **Egito Antigo** – Sophie Desplancques
806. (14).**Baudelaire** – Jean-Baptiste Baronian
807. **Caminho da sabedoria, caminho da paz** – Dalai Lama e Felizitas von Schönborn
808. **Senhor e servo e outras histórias** – Tolstói
809. **Os cadernos de Malte Laurids Brigge** – Rilke
810. **Dilbert (5)** – Scott Adams
811. **Big Sur** – Jack Kerouac
812. **Seguindo a correnteza** – Agatha Christie
813. **O álibi** – Sandra Brown
814. **Montanha-russa** – Martha Medeiros
815. **Coisas da vida** – Martha Medeiros
816. **A cantada infalível** *seguido de* **A mulher do centroavante** – David Coimbra
817. **Maigret e os crimes do cais** – Simenon
818. **Sinal vermelho** – Simenon
819. **Snoopy: Pausa para a soneca (9)** – Charles Schulz
820. **De pernas pro ar** – Eduardo Galeano
821. **Tragédias gregas** – Pascal Thiercy
822. **Existencialismo** – Jacques Colette
823. **Nietzsche** – Jean Granier
824. **Amar ou depender?** – Walter Riso
825. **Darmapada: A doutrina budista em versos**
826. **J'Accuse...! – a verdade em marcha** – Zola
827. **Os crimes ABC** – Agatha Christie
828. **Um gato entre os pombos** – Agatha Christie
829. **Maigret e o sumiço do sr. Charles** – Simenon
830. **Maigret e a morte do jogador** – Simenon
831. **Dicionário de teatro** – Luiz Paulo Vasconcellos
832. **Cartas extraviadas** – Martha Medeiros
833. **A longa viagem de prazer** – J. J. Morosoli
834. **Receitas fáceis** – J. A. Pinheiro Machado
835. (14).**Mais fatos & mitos** – Dr. Fernando Lucchese
836. (15).**Boa viagem!** – Dr. Fernando Lucchese
837. **Aline: Finalmente nua!!! (4)** – Adão Iturrusgarai
838. **Mônica tem uma novidade!** – Mauricio de Sousa
839. **Cebolinha em apuros!** – Mauricio de Sousa
840. **Sócios no crime** – Agatha Christie
841. **Bocas do tempo** – Eduardo Galeano
842. **Orgulho e preconceito** – Jane Austen
843. **Impressionismo** – Dominique Lobstein
844. **Escrita chinesa** – Viviane Alleton
845. **Paris: uma história** – Yvan Combeau
846. (15).**Van Gogh** – David Haziot
847. **Maigret e o corpo sem cabeça** – Simenon
848. **Portal do destino** – Agatha Christie
849. **O futuro de uma ilusão** – Freud
850. **O mal-estar na cultura** – Freud
851. **Maigret e o matador** – Simenon
852. **Maigret e o fantasma** – Simenon
853. **Um crime adormecido** – Agatha Christie
854. **Satori em Paris** – Jack Kerouac

855. Medo e delírio em Las Vegas – Hunter Thompson
856. Um negócio fracassado e outros contos de humor – Tchékhov
857. Mônica está de férias! – Mauricio de Sousa
858. De quem é esse coelho? – Mauricio de Sousa
859. O burgomestre de Furnes – Simenon
860. O mistério Sittaford – Agatha Christie
861. Manhã transfigurada – L. A. de Assis Brasil
862. Alexandre, o Grande – Pierre Briant
863. Jesus – Charles Perrot
864. Islã – Paul Balta
865. Guerra da Secessão – Farid Ameur
866. Um rio que vem da Grécia – Cláudio Moreno
867. Maigret e os colegas americanos – Simenon
868. Assassinato na casa do pastor – Agatha Christie
869. Manual do líder – Napoleão Bonaparte
870(16). Billie Holiday – Sylvia Fol
871. Bidu arrasando! – Mauricio de Sousa
872. Desventuras em família – Mauricio de Sousa
873. Liberty Bar – Simenon
874. E no final a morte – Agatha Christie
875. Guia prático do Português correto – vol. 4 – Cláudio Moreno
876. Dilbert (6) – Scott Adams
877(17). Leonardo da Vinci – Sophie Chauveau
878. Bella Toscana – Frances Mayes
879. A arte da ficção – David Lodge
880. Striptias (4) – Laerte
881. Skrotinhos – Angeli
882. Depois do funeral – Agatha Christie
883. Radicci 7 – Iotti
884. Walden – H. D. Thoreau
885. Lincoln – Allen C. Guelzo
886. Primeira Guerra Mundial – Michael Howard
887. A linha de sombra – Joseph Conrad
888. O amor é um cão dos diabos – Bukowski
889. Maigret sai em viagem – Simenon
890. Despertar: uma vida de Buda – Jack Kerouac
891(18). Albert Einstein – Laurent Seksik
892. Hell's Angels – Hunter Thompson
893. Ausência na primavera – Agatha Christie
894. Dilbert (7) – Scott Adams
895. Ao sul de lugar nenhum – Bukowski
896. Maquiavel – Quentin Skinner
897. Sócrates – C.C.W. Taylor
898. A casa do canal – Simenon
899. O Natal de Poirot – Agatha Christie
900. As veias abertas da América Latina – Eduardo Galeano
901. Snoopy: Sempre alerta! (10) – Charles Schulz
902. Chico Bento: Plantando confusão – Mauricio de Sousa
903. Penadinho: Quem é morto sempre aparece – Mauricio de Sousa
904. A vida sexual da mulher feia – Claudia Tajes
905. 100 segredos do liquidificador – José Antonio Pinheiro Machado
906. Sexo muito prazer 2 – Laura Meyer da Silva
907. Os nascimentos – Eduardo Galeano
908. As caras e as máscaras – Eduardo Galeano
909. O século do vento – Eduardo Galeano
910. Poirot perde uma cliente – Agatha Christie
911. Cérebro – Michael O'Shea
912. O escaravelho de ouro e outras histórias – Edgar Allan Poe
913. Piadas para sempre (4) – Visconde da Casa Verde
914. 100 receitas de massas light – Helena Tonetto
915(19). Oscar Wilde – Daniel Salvatore Schiffer
916. Uma breve história do mundo – H. G. Wells
917. A Casa do Penhasco – Agatha Christie
918. Maigret e o finado sr. Gallet – Simenon
919. John M. Keynes – Bernard Gazier
920(20). Virginia Woolf – Alexandra Lemasson
921. Peter e Wendy seguido de Peter Pan em Kensington Gardens – J. M. Barrie
922. Aline: numas de colegial (5) – Adão Iturrusgarai
923. Uma dose mortal – Agatha Christie
924. Os trabalhos de Hércules – Agatha Christie
925. Maigret na escola – Simenon
926. Kant – Roger Scruton
927. A inocência do Padre Brown – G.K. Chesterton
928. Casa Velha – Machado de Assis
929. Marcas de nascença – Nancy Huston
930. Aulete de bolso
931. Hora Zero – Agatha Christie
932. Morte na Mesopotâmia – Agatha Christie
933. Um crime na Holanda – Simenon
934. Nem te conto, João – Dalton Trevisan
935. As aventuras de Huckleberry Finn – Mark Twain
936(21). Marilyn Monroe – Anne Plantagenet
937. China moderna – Rana Mitter
938. Dinossauros – David Norman
939. Louca por homem – Claudia Tajes
940. Amores de alto risco – Walter Riso
941. Jogo de damas – David Coimbra
942. Filha é filha – Agatha Christie
943. M ou N? – Agatha Christie
944. Maigret se defende – Simenon
945. Bidu: diversão em dobro! – Mauricio de Sousa
946. Fogo – Anaïs Nin
947. Rum: diário de um jornalista bêbado – Hunter Thompson
948. Persuasão – Jane Austen
949. Lágrimas na chuva – Sergio Faraco
950. Mulheres – Bukowski
951. Um pressentimento funesto – Agatha Christie
952. Cartas na mesa – Agatha Christie
953. Maigret em Vichy – Simenon
954. O lobo do mar – Jack London
955. Os gatos – Patricia Highsmith
956(22). Jesus – Christiane Rancé
957. História da medicina – William Bynum
958. O Morro dos Ventos Uivantes – Emily Brontë
959. A filosofia na era trágica dos gregos – Nietzsche
960. Os treze problemas – Agatha Christie
961. A massagista japonesa – Moacyr Scliar
962. A taberna dos dois tostões – Simenon
963. Humor do miserê – Nani
964. Todo o mundo tem dúvida, inclusive você – Édison de Oliveira
965. A dama do Bar Nevada – Sergio Faraco
966. O Smurf Repórter – Peyo
967. O Bebê Smurf – Peyo
968. Maigret e os flamengos – Simenon
969. O psicopata americano – Bret Easton Ellis
970. Ensaios de amor – Alain de Botton
971. O grande Gatsby – F. Scott Fitzgerald
972. Por que não sou cristão – Bertrand Russell

973. **A Casa Torta** – Agatha Christie
974. **Encontro com a morte** – Agatha Christie
975. (23). **Rimbaud** – Jean-Baptiste Baronian
976. **Cartas na rua** – Bukowski
977. **Memória** – Jonathan K. Foster
978. **A abadia de Northanger** – Jane Austen
979. **As pernas de Úrsula** – Claudia Tajes
980. **Retrato inacabado** – Agatha Christie
981. **Solanin (1)** – Inio Asano
982. **Solanin (2)** – Inio Asano
983. **Aventuras de menino** – Mitsuru Adachi
984. (16). **Fatos & mitos sobre sua alimentação** – Dr. Fernando Lucchese
985. **Teoria quântica** – John Polkinghorne
986. **O eterno marido** – Fiódor Dostoiévski
987. **Um safado em Dublin** – J. P. Donleavy
988. **Mirinha** – Dalton Trevisan
989. **Akhenaton e Nefertiti** – Carmen Seganfredo e A. S. Franchini
990. **On the Road – o manuscrito original** – Jack Kerouac
991. **Relatividade** – Russell Stannard
992. **Abaixo de zero** – Bret Easton Ellis
993. (24). **Andy Warhol** – Mériam Korichi
994. **Maigret** – Simenon
995. **Os últimos casos de Miss Marple** – Agatha Christie
996. **Nico Demo** – Mauricio de Sousa
997. **Maigret e a mulher do ladrão** – Simenon
998. **Rousseau** – Robert Wokler
999. **Noite sem fim** – Agatha Christie
1000. **Diários de Andy Warhol (1)** – Editado por Pat Hackett
1001. **Diários de Andy Warhol (2)** – Editado por Pat Hackett
1002. **Cartier-Bresson: o olhar do século** – Pierre Assouline
1003. **As melhores histórias da mitologia: vol. 1** – A.S. Franchini e Carmen Seganfredo
1004. **As melhores histórias da mitologia: vol. 2** – A.S. Franchini e Carmen Seganfredo
1005. **Assassinato no beco** – Agatha Christie
1006. **Convite para um homicídio** – Agatha Christie
1007. **Um fracasso de Maigret** – Simenon
1008. **História da vida** – Michael J. Benton
1009. **Jung** – Anthony Stevens
1010. **Arsène Lupin, ladrão de casaca** – Maurice Leblanc
1011. **Dublinenses** – James Joyce
1012. **120 tirinhas da Turma da Mônica** – Mauricio de Sousa
1013. **Antologia poética** – Fernando Pessoa
1014. **A aventura de um cliente ilustre** *seguido de* **O último adeus de Sherlock Holmes** – Sir Arthur Conan Doyle
1015. **Cenas de Nova York** – Jack Kerouac
1016. **A corista** – Anton Tchékhov
1017. **O diabo** – Leon Tolstói
1018. **Fábulas chinesas** – Sérgio Capparelli e Márcia Schmaltz
1019. **O gato do Brasil** – Sir Arthur Conan Doyle
1020. **Missa do Galo** – Machado de Assis
1021. **O mistério de Marie Rogêt** – Edgar Allan Poe
1022. **A mulher mais linda da cidade** – Bukowski
1023. **O retrato** – Nicolai Gogol
1024. **O conflito** – Agatha Christie
1025. **Os primeiros casos de Poirot** – Agatha Christie
1026. **Maigret e o cliente de sábado** – Simenon
1027. (25). **Beethoven** – Bernard Fauconnier
1028. **Platão** – Julia Annas
1029. **Cleo e Daniel** – Roberto Freire
1030. **Til** – José de Alencar
1031. **Viagens na minha terra** – Almeida Garrett
1032. **Profissões para mulheres e outros artigos feministas** – Virginia Woolf
1033. **Mrs. Dalloway** – Virginia Woolf
1034. **O cão da morte** – Agatha Christie
1035. **Tragédia em três atos** – Agatha Christie
1036. **Maigret hesita** – Simenon
1037. **O fantasma da Ópera** – Gaston Leroux
1038. **Evolução** – Brian e Deborah Charlesworth
1039. **Medida por medida** – Shakespeare
1040. **Razão e sentimento** – Jane Austen
1041. **A obra-prima ignorada** *seguido de* **Um episódio durante o Terror** – Balzac
1042. **A fugitiva** – Anaïs Nin
1043. **As grandes histórias da mitologia greco-romana** – A. S. Franchini
1044. **O corno de si mesmo & outras historietas** – Marquês de Sade
1045. **Da felicidade** *seguido de* **Da vida retirada** – Sêneca
1046. **O horror em Red Hook e outras histórias** – H. P. Lovecraft
1047. **Noite em claro** – Martha Medeiros
1048. **Poemas clássicos chineses** – Li Bai, Du Fu e Wang Wei
1049. **A terceira moça** – Agatha Christie
1050. **Um destino ignorado** – Agatha Christie
1051. (26). **Buda** – Sophie Royer
1052. **Guerra Fria** – Robert J. McMahon
1053. **Simons's Cat: as aventuras de um gato travesso e comilão – vol. 1** – Simon Tofield
1054. **Simons's Cat: as aventuras de um gato travesso e comilão – vol. 2** – Simon Tofield
1055. **Só as mulheres e as baratas sobreviverão** – Claudia Tajes
1056. **Maigret e o ministro** – Simenon
1057. **Pré-história** – Chris Gosden
1058. **Pintou sujeira!** – Mauricio de Sousa
1059. **Contos de Mamãe Gansa** – Charles Perrault
1060. **A interpretação dos sonhos: vol. 1** – Freud
1061. **A interpretação dos sonhos: vol. 2** – Freud
1062. **Frufru Ratapla Dolores** – Dalton Trevisan
1063. **As melhores histórias da mitologia egípcia** – Carmem Seganfredo e A.S. Franchini
1064. **Infância. Adolescência. Juventude** – Tolstói
1065. **As consolações da filosofia** – Alain de Botton
1066. **Diários de Jack Kerouac – 1947-1954**
1067. **Revolução Francesa – vol. 1** – Max Gallo
1068. **Revolução Francesa – vol. 2** – Max Gallo
1069. **O detetive Parker Pyne** – Agatha Christie
1070. **Memórias do esquecimento** – Flávio Tavares
1071. **Drogas** – Leslie Iversen
1072. **Manual de ecologia (vol.2)** – J. Lutzenberger
1073. **Como andar no labirinto** – Affonso Romano de Sant'Anna
1074. **A orquídea e o serial killer** – Juremir Machado da Silva
1075. **Amor nos tempos de fúria** – Lawrence Ferlinghetti

1076. **A aventura do pudim de Natal** – Agatha Christie
1077. **Maigret no Picratt's** – Simenon
1078. **Amores que matam** – Patricia Faur
1079. **Histórias de pescador** – Mauricio de Sousa
1080. **Pedaços de um caderno manchado de vinho** – Bukowski
1081. **A ferro e fogo: tempo de solidão (vol.1)** – Josué Guimarães
1082. **A ferro e fogo: tempo de guerra (vol.2)** – Josué Guimarães
1083. **Carta a meu juiz** – Simenon
1084. (17).**Desembarcando o Alzheimer** – Dr. Fernando Lucchese e Dra. Ana Hartmann
1085. **A maldição do espelho** – Agatha Christie
1086. **Uma breve história da filosofia** – Nigel Warburton
1087. **Uma confidência de Maigret** – Simenon
1088. **Heróis da História** – Will Durant
1089. **Concerto campestre** – L. A. de Assis Brasil
1090. **Morte nas nuvens** – Agatha Christie
1091. **Maigret no tribunal** – Simenon
1092. **Aventura em Bagdá** – Agatha Christie
1093. **O cavalo amarelo** – Agatha Christie
1094. **O método de interpretação dos sonhos** – Freud
1095. **Sonetos de amor e desamor** – Vários
1096. **120 tirinhas do Dilbert** – Scott Adams
1097. **124 fábulas de Esopo**
1098. **O curioso caso de Benjamin Button** – F. Scott Fitzgerald
1099. **Piadas para sempre: uma antologia para morrer de rir** – Visconde da Casa Verde
1100. **Hamlet (Mangá)** – Shakespeare
1101. **A arte da guerra (Mangá)** – Sun Tzu
1102. **Maigret na pensão** – Simenon
1103. **Meu amigo Maigret** – Simenon
1104. **As melhores histórias da Bíblia (vol.1)** – A. S. Franchini e Carmen Seganfredo
1105. **As melhores histórias da Bíblia (vol.2)** – A. S. Franchini e Carmen Seganfredo
1106. **Psicologia das massas e análise do eu** – Freud
1107. **Guerra Civil Espanhola** – Helen Graham
1108. **A autoestrada do sul e outras histórias** – Julio Cortázar
1109. **O mistério dos sete relógios** – Agatha Christie
1110. **Peanuts: Ninguém gosta de mim... (amor)** – Charles Schulz
1111. **Cadê o bolo?** – Mauricio de Sousa
1112. **O filósofo ignorante** – Voltaire
1113. **Totem e tabu** – Freud
1114. **Filosofia pré-socrática** – Catherine Osborne
1115. **Desejo de status** – Alain de Botton
1116. **Maigret e o informante** – Simenon
1117. **Peanuts: 120 tirinhas** – Charles Schulz
1118. **Passageiro para Frankfurt** – Agatha Christie
1119. **Maigret se irrita** – Simenon
1120. **Kill All Enemies** – Melvin Burgess
1121. **A morte da sra. McGinty** – Agatha Christie
1122. **Revolução Russa** – S. A. Smith
1123. **Até você, Capitu?** – Dalton Trevisan
1124. **O grande Gatsby (Mangá)** – F. S. Fitzgerald
1125. **Assim falou Zaratustra (Mangá)** – Nietzsche
1126. **Peanuts: É para isso que servem os amigos (amizade)** – Charles Schulz
1127. (27).**Nietzsche** – Dorian Astor
1128. **Bidu: Hora do banho** – Mauricio de Sousa
1129. **O melhor do Macanudo Taurino** – Santiago
1130. **Radicci 30 anos** – Iotti
1131. **Show de sabores** – J.A. Pinheiro Machado
1132. **O prazer das palavras** – vol. 3 – Cláudio Moreno
1133. **Morte na praia** – Agatha Christie
1134. **O fardo** – Agatha Christie
1135. **Manifesto do Partido Comunista (Mangá)** – Marx & Engels
1136. **A metamorfose (Mangá)** – Franz Kafka
1137. **Por que você não se casou... ainda** – Tracy McMillan
1138. **Textos autobiográficos** – Bukowski
1139. **A importância de ser prudente** – Oscar Wilde
1140. **Sobre a vontade na natureza** – Arthur Schopenhauer
1141. **Dilbert (8)** – Scott Adams
1142. **Entre dois amores** – Agatha Christie
1143. **Cipreste triste** – Agatha Christie
1144. **Alguém viu uma assombração?** – Mauricio de Sousa
1145. **Mandela** – Elleke Boehmer
1146. **Retrato do artista quando jovem** – James Joyce
1147. **Zadig ou o destino** – Voltaire
1148. **O contrato social (Mangá)** – J.-J. Rousseau
1149. **Garfield fenomenal** – Jim Davis
1150. **A queda da América** – Allen Ginsberg
1151. **Música na noite & outros ensaios** – Aldous Huxley
1152. **Poesias inéditas & Poemas dramáticos** – Fernando Pessoa
1153. **Peanuts: Felicidade é...** – Charles M. Schulz
1154. **Mate-me por favor** – Legs McNeil e Gillian McCain
1155. **Assassinato no Expresso Oriente** – Agatha Christie
1156. **Um punhado de centeio** – Agatha Christie
1157. **A interpretação dos sonhos (Mangá)** – Freud
1158. ..**Peanuts: Você não entende o sentido da vida** – Charles M. Schulz
1159. **A dinastia Rothschild** – Herbert R. Lottman
1160. **A Mansão Hollow** – Agatha Christie
1161. **Nas montanhas da loucura** – H.P. Lovecraft
1162. (28).**Napoleão Bonaparte** – Pascale Fautrier
1163. **Um corpo na biblioteca** – Agatha Christie
1164. **Inovação** – Mark Dodgson e David Gann
1165. **O que toda mulher deve saber sobre os homens: a afetividade masculina** – Walter Riso
1166. **O amor está no ar** – Mauricio de Sousa
1167. **Testemunha de acusação & outras histórias** – Agatha Christie
1168. **Etiqueta de bolso** – Celia Ribeiro
1169. **Poesia reunida (volume 3)** – Affonso Romano de Sant'Anna
1170. **Emma** – Jane Austen
1171. **Que seja em segredo** – Ana Miranda
1172. **Garfield sem apetite** – Jim Davis
1173. **Garfield: Foi mal...** – Jim Davis
1174. **Os irmãos Karamázov (Mangá)** – Dostoiévski
1175. **O Pequeno Príncipe** – Antoine de Saint-Exupéry
1176. **Peanuts: Ninguém mais tem o espírito aventureiro** – Charles M. Schulz
1177. **Assim falou Zaratustra** – Nietzsche

Miss Marple

Agatha Christie

- Um passe de mágica
- Um punhado de centeio
- Assassinato na casa do pastor
- A mão misteriosa
- Um corpo na biblioteca
- Mistério no Caribe

L&PMPOCKET

IMPRESSÃO:

Santa Maria - RS - Fone/Fax: (55) 3220.4500
www.pallotti.com.br